笑いをふるまう親爺

―師匠とふみの物語―

ブックデザイン　杉本 幸夫
装画・挿画　山本 修生

笑いをふるまう親爺

―師匠とふみの物語―

はじめに

師匠は逝った
歳の差から考えれば当たり前である
覚悟はしていた
でも、おふみを残して逝ってしまうなんて
許せない
仕方がない
神の決めたことである
諦めよう

おふみもお国の認める
老人になった
そうだ
老いの暇つぶしに
師匠の洒落を
そして、その笑いを
形にしよう

私が師匠と知り合ったとき、師匠は今の私の年齢でした。それからの交遊は、男女の関係、親子の関係でもない不思議な間柄でした。互いに一人暮らしの気楽さから、私は師匠を慕い、晩年の師匠は、おふみを頼りに生きていました。

師匠が、「今年の暮れは越せるかなー」と、言い始めた秋、私に介護保険証が届きました。このような物が区役所から配布されると、自分の年齢を嫌でも考えさせられます。自分では、まだまだと思っていても、母が、孫のオムツでなく自分のそれを作っていた歳になりました。現在は、技術の進歩で、優れた老人用オムツがありますので、着古しの浴衣で作る必要がなくなりました。

そこで、面白おかしく過した師匠との荻窪生活を、私の老後の糧とすることにしました。

目次

第一章

人生元取ったか

三途の川

暗闇の中に海のような、川のようなものがある。波打っているかのように見える。向こうにはほんのりと明かりが見えるが、ここはいったい何処なのだろう。あたりはやけにシーンとしている。

「おふみ、ここを越えないといけないのか」と師匠の声がする。

「うーん、どうやって渡るの。橋らしきものも無いよ」

「俺が、泳げないことを知っているだろう。子供の頃おぼれかけて以来、水が怖いのだ」

「わかっているよ。私だって水は怖いよ。でも、ここをなんとかしなくては、家に帰れないよ」

突然、波が師匠の足元をすくった。

「おふみ、おふみ、だめだよー」と師匠の叫ぶ声が聞こえる。

そのとき、何処からともなく碁仇の一人が来て師匠を抱きかかえるように泳ぎだした。私も、意を決して、水の中を歩きだした。水の流れはそれほどでもなく、向こう岸にたどり着いた。師匠の着ている物はずぶ濡れになっており、とにかく着替えなくては、とあたりを見回すと、渡ってきたはずの川も無く、そこは師匠の住み慣れたぼろ屋ではないか。鍵を開けて入ってみれば、師匠の生活の跡形も無く、まったくの空っぽになっている。そして、先刻まで居たはずの碁仇の姿も見えない。「何か残っているかもしれない」と、探す。寝室の隅に見慣れた箪笥が一つポツンとあった。急いで箪笥を開けると、そこには、入院のためにと買ったパジャマと下着が一組残っていた。

「師匠、これに着替えて寝よう」と、師匠の体を壁に預けて着替えさせ、汚れ物をまとめる。

「ああ、さっぱりした。寝るぞ」と師匠は、何時の間にか布団に入って眠っている。

「師匠、良かったね。おうちに帰れたよ。眠れるね」と、語りかけるが、返事が無い。

目が覚めた。「あー夢だったのか」「変な夢だなー」と起き上がり、明かりを点けると、師匠の四十九日の印のついたカレンダーが目に留まる。

「そうだ。師匠は、三途の川を囲碁仲間の手を借りて渡ったのだ。そこは、お花畑でもなく、竜宮城でもなかったが、七十余年間住み慣れた場所に落ち着いてくれたのだ」と、私は、明かりを消し布団に入り、日頃の語録を思い出す。


師匠は大正四年に札幌で生まれ、小学校卒業と同時に東京に出てきた。東京では兄の電気屋を手伝い、その後独立して荻窪に住むようになった。師匠の一生は、「よく働き、よく遊び、よく笑い」の楽しい日々であった。

仕事を辞めた晩年は、囲碁と酒の日々だったが、その周りは何時も笑いが絶えなかった。囲碁仲間は、元気で年寄り臭さも無い師匠の生き様を目標にして、「俺達もなべさんの歳まで元気でいたい」と、よく話をしていた。

九十歳になった頃、碁会所で「卒寿」の囲碁会を計画したとき、師匠は、「歳からすれば俺が一番先だから、先に逝ったら、皆のために〝いい番〟取っておくよ」と誰にともなく言った。

「親爺、番なんかどうでもいいから、出来るだけ遅くしてくれよ」と、仲間が言った。

「そうだな、俺はまだ人生の元を取っていないから、元を取るまで生きるぞ。君らも人生の元を取れよ」

私は、布団の中で、こんな会話を思い出していた。

人生の元を取ったかどうかわからないが、明日あたりは、約束どおり碁会所の仲間のために碁盤を並べ、〝いい番〟を確保して、好きな〝くさや〟を肴にビールを飲んでいることだろう。

師匠の遺産

私は、師匠が亡くなった後、師匠と食事を共にした飯屋でビールを飲みながら、生前のことを思い出していた。

師匠の一日は、仏壇にお茶をあげることから始まる。どんなに朝早くから出かけるときでも、お線香とお茶を欠かさなかった。

毎年秋には、私の田舎からりんごが送られてくる。それを師匠に届けると、「ばあさんにも食べさせるか」と、何時も仏壇に供える。

ある秋の朝、師匠がりんごの皮を剥いているとき、私がテレビのスイッチを入れると、金持ちの遺産相続のニュースが流れてきた。

「俺の人生は、仕事と博打で明け暮れた」

「楽しい人生だったでしょ」

「博打を控えていれば、ビルの一つくらい建っていたかも」

「それはそれでいいじゃない」

「俺は、子供達に何も遺してあげられない」

「そんなことないよ。商売のお得意さんがあるじゃないの」

「それも、不景気でだめになってしまったらしい」

「勿体なかったね」

「仕方がない。俺の運命さ」

「師匠、有形の物だけが遺産じゃないのよ」

「そうだな。金が無くとも、俺には友達が居る。これが俺の財産だ」


師匠の家の居間には、優良電気工事士の功績を讃えて、沢山の表彰状が飾ってあった。工事仲間の話では、若い頃の師匠は、優れた電気工事屋であり、杉並区の工事組合のリーダーであったらしい。師匠は人間関係という、金銭には代えることの出来ない財産を持っていた。

そうだ、しばらくは師匠の遺産で生きていこう。この飯屋、碁会所、ゴルフの友達と、師匠は、私に沢山の財産を遺してくれた。

私は、ビールを飲みながらママに話しかけた。

「ママ、師匠の遺産としてここでこれからも食事するから、よろしく」

「はい、師匠の遺産ねー。この遺産は相続税もいらないね」

「世の中の人は、遺産といえば金銭を想像するけど、これも立派な遺産よね」

「そうよ。私も、母が遺してくれたお客様が遺産なの」

ママと意見が一致し、気分良くビールを飲み干した。


数日後、何時もの仲間と京王閣に行った。帰りに吉祥寺で師匠をしのぶ会をしたとき、私は、「皆さんは、師匠から私への遺産です。これからはこの遺産で生活しますけど、よろしく」と、挨拶した。

「遊び仲間が一人欠けたか」と、戦前からの師匠の友は、寂しそうに言った。

「また、五人で旅行でもしよう」

「おとうちゃんは、よく僕らを笑わせてくれたよな」

など遊び仲間は、今後の付き合いも快く受け入れてくれた。

認知症

師匠が、九十一歳の誕生日を迎えようとした六月、警察から運転免許証の書き換え案内がきた。

「ふみ、今回も更新しようと思うよ」

「もう、ほとんど乗らないけど、身分証明書がわりに取ろうか。教習所で講習を受けないとね。前回の教習所は閉鎖されたけど、何処にする」

「ここに、書いてある。見てくれ」

まだまだ日程に余裕があるので、近いところの教習所に赤丸をつけて、「そのうちに連絡するといいよ」と、私は、その日は家に帰った。

そろそろ、教習所に予約しなければいけないなと思っていたある日、定食屋で食事をしていると、

「来週に教習所へ行くことにした。ふみ、連れてってくれ」

自分で電話をして予約をしたらしい。

教習所で講習を受け、免許証の書き換えは終わった。

新しい運転免許証を手にして

「おい、俺の免許証〝優良〟とあるぞ。次の書き換えも出来るように頑張るからな」

と、大事そうに財布に入れた。

そんな元気で、ぴんぴんなじいさんに異変が起きた。

八月の誕生日が過ぎてまもない夜中であった。

「ふみ、腹が痛い。どうしよう」

「とにかく行くまで我慢していて」と電話を切り、急いで師匠の家に行くと、「救急車を呼んだ」と言って、お腹を押さえている。自分で救急車を呼べるくらいならまだ大丈夫と思いながら、師匠に診察券の在処など確認するが、はっきりしない。私の顔を見て安心したようだが、相当辛そうであった。

救急車で荻窪病院へ行き、検査を受けてそのまま入院することになった。

翌朝早く、寝巻きなどの入院生活用品を持って病院に行くと、師匠は、点滴をしながら眠っていた。

「師匠、まだ痛い」と、声をかけた。

「ああ、おふみか。ここは何処だ」

「師匠の好きな荻窪病院よ」

「何しに来ているのだ」

「夕べ、お腹が痛いと言って救急車で来たの。覚えていないの」

「覚えてない」

私は、悲しくなった。

「師匠、しっかりしなよ」

「うん」と、目を閉じた。


看護師に様子を聞くと、胆嚢が腫れているらしいとのことであった。しばらく入院して様子を見なければならず、食事はもとより、水も飲めない状態だった。

「師匠、しばらくここに居なくちゃだめみたい。詳しいことは、お医者さんが家族の方に話すって。おふみ、帰るね」

家に帰ってしばらくすると、「先生が、お会いしたいと言っている」と病院から電話があった。

急いで病院に行くと、師匠の担当医が待っていた。

医師からは、「入院して、もう少し検査と治療をしなければいけませんが、本人は、家に帰りたいと言っています。また、認知症が始まっていて、治療に協力的でなく困っています」と相談された。

誰かが何時も付き添い、しばらく様子を見ることにした。

一日、二日と日がたつにつれて、飲まず、食わずの点滴の生活で精神的に参ってきたのか、師匠の言動は激しくなった。


数日後の夕べ、同室の患者さんが私に話しかけた。

「九十歳ですか。相当ボケが始まっていますね」

「入院するまでは、そうでもなかったですが、そんなにひどいですか」との私の問に、

「言っていることは、間違っていないのだが、場面が変なのです」

「看護師が、『財布と時計を預かっている』と言うと、質屋と間違えて、『利息は』と
か。また、看護師が、『熱がある』と言えば、『生きているから熱のあるのは当たり前だ』とか看護師を困らせていた」という話である。

先生も周りの人も、皆が「認知症」がひどいと言った。

私の付き添いで、点滴を引きずりながらトイレに行ったとき、入り口に「使用中の札にして、中からの鍵を掛けないように」との張り紙があった。

私がそれを指して、「師匠、これ読める」と問うと、「読めるさ」と言ってすらすら読んで、

「俺は、日本人だから日本語は読める。俺の読めないのは、立川の九レースの本命・対抗が来るか、来ないかである」

立川の九レースとは、競輪のことである。

これほどの機智に富んだ会話が出来る。「師匠は、ぼけてなどいない」と、私は安心した。

「師匠、皆、ぼけていると言っているよ」

「そうなのだ。最近、物忘れがひどくて、ここが病院であることを忘れてドライバーやペンチを探そうとしたりしているのだ」

「まだらボケだ」

「まだらもまだらで、大まだらボケだ。これからは〝と〟付きのボケ（とぼけ）にする」

私との会話では、ぼけているとは思えなかった。

環境が変わったから急にボケが出てきたのかもしれないが、退院すれば元に戻るだろう。私は一安心した。

しかし、あれだけしっかりしていた師匠も、この入院から、時々おかしな行動をするようになった。

ぴんぴんコロリン

荻窪の街は、中央線、青梅街道、そして環状八号線で商店街を細切れにされているためか、他の中央線沿線の駅前と違い、雑然としている。荻窪駅の南口の地名は〝荻窪〟で、北口は〝天沼〟である。南口には、荻外荘をはじめ多くの豪邸がある。それは、窪と沼では、土地の価値が窪のほうが上だからという説もある。

碁会所は北口の商店街のはずれにあり、師匠の家は、荻窪駅から七、八分の天沼の住宅街の、車の通りも少なく静かな所である。晩年の師匠は、そこと碁会所の往復が日課であった。

病気を知らなかった師匠が、退院したとき、介護保険の世話になろうと区役所に相談した。秋雨の降る寒い午後、介護認定のために区役所から調査員が訪ねて来ることになっていた。師匠には事情を説明しておいたが、訪問の意味は理解していなかったようだ。だが、他人が訪ねて来ることだけはわかっていたらしく、私が、予定の時間より早めに師匠の家に行くと、来客用の湯飲み茶碗が盆の上に準備してあった。

「おふみ、何のために区役所の人が来るのだ」

「師匠の介護を頼もうと思って」

「ふーん、いらないよ。夕方はおふみが居るからいい」

「でも、最近の師匠夜中に『仕事に行く』などと、電話してくるもの」

「そんなことあったか」

師匠は、普段は正常であったが、時々おかしな行動をとるようになり、世に言うまだらボケが始まっていた。

　女性の介護認定審査担当者が来た。

「おじいちゃん、洗濯はどうしているの」

「洗濯機がやってくれる。ただ、ここに干すだけだ」

「食事は」

「朝は、ここで鮭と白飯。夕食は、このふみと碁会所の下の食堂」

「碁会所まで歩けますか」

「行けるが、最近は途中で一回休む」と、いくつかの質疑応答が繰り返された。

　私は、師匠の家から碁会所までは五百メートルほどの距離であり、途中にあるビルの縁石で休むことを説明した。審査担当者に、「洋服は自分で着られますか」「新聞は読めますか」といろいろ質問されるが、九十歳を超えているとは思えないほどしっかり答える。

　一連の調査が済んだとき、審査担当者が「おじいちゃんは、何でも一人でするのね」と話しかけると、師匠は、「いや、一人でするのはお便所くらいで、他は周りに助けてもらっている」と答えた。

「ご近所に」

「それもだが、お国をはじめ皆だ、近頃は杖にまで助けてもらっている」

私が、審査担当者に師匠の近況と掛かりつけの医者を説明していると、「お姉さん、疲れた。寝させてくれ」と、師匠は布団に入った。


一ヶ月ほどして、区役所から介護支援認定の通知が届き、区役所の支援担当者と師匠は面談をした。師匠は、担当者には、「一人で大丈夫だ」「頑張ってみる」などと答えていた。

その夜、食事をしながら、

「おふみ、あの人何しに来たのだ」

「師匠の近況を心配して、様子を見に来てくださったの」

「俺、老人ホームに行くのか」

「それはないよ。デイケアサービスでも受けようかと思って」

「それじゃ、ここに居られるのだな」

「そうよ、師匠の家だもの」

「良かった。俺、お国に預けられちゃうのかと思った」

先行きを随分気にしていたのだ。だから、

「彼女が、『おじいちゃんは気力だけで生きているのだから、老人ホームなど考えないで、皆で見守ってあげましょう』と言っていたよ」と、伝えた。

「そうか。俺は、おふみが居ればいい」

「老老介護ね」

「それでいい。もう、人に頼むな。新しい人は疲れる。もう一本飲もうか」と、急に元気になり、冷蔵庫からビールを出した。

「おふみ、お前が何時も言っていた、ぴん何とかがいいな」

「ああ、〝ぴんぴんコロリン〟ね」

「それがいい。眠るように逝けるのだろう」

「そう、それにはぼけないで、元気でいなきゃ」

「最近、元気が無くなったよ」

「だめ、碁を打って、お酒を飲んで……」

「百まで頑張るか」

「ぴんぴんコロリンを夢見てね」と、昼間の出来事を振り返った。


折角の介護の世話になることもなく、師匠は九十二歳の誕生日を迎えた。暑い夏を乗り越えた頃から、往年の憎まれ口や洒落が少なくなり、優しいじいさんになってしまった。私は、以前に読んだ本を思い出していた。「人間は死ぬにも力がいる。そして生きる力が無ければ死ぬ力も無くなる。そうすると、寝たきり老人になって苦しみながら死ぬ」。師匠にも生きる力が無くなってきたのかなと、考えたりしていた。


夕方、私が碁会所に顔を出しても居ず、家で寝ている日が多くなった。

初冬の夕暮れ師匠を訪ねると、お腹が痛くて医者に行こうと思ったが行けなかったと話しかけてきた。

「どうしてふみに電話しなかったの」

「そうだな、わからない」

以前は一人で行けた医院へ行くことが出来ず、道に迷っていたらしい。

「もう、直った。腹減った。ふみ、何か食べよう」

「今日は、中田屋は休みだから、どうしよう」

「近所の鰻でいい」

私と師匠は、鰻屋で食事をした。師匠は、おいしそうに食べていた。

「ふみ、ここに泊まってくれ」の言葉で、その夜は師匠の家で寝ることにした。

夜中に急に「腹が痛い」と言い出し、救急車で病院に向かった。しかし翌朝には、気分も良くなったせいか看護師さんの指示に従わなくなり、「帰る」と言い出した。私は、家に連れて帰り、翌日から近所の掛かりつけの医院に通うことにした。

その夜、師匠の思いが通じたのか、息子さんに連絡がとれた。

通院を始めて三日ほど後、師匠の家を訪ねると、何時もは、起きてきてお茶の準備をしてくれる師匠が寝たまま起きてこなかった。息子さんが師匠を病院に連れて行き、入院を決めて家に連れ帰り、寝かせてその日は終わった。

翌日、私が師匠のところに行くと、既に冷たくなっていた。

二日ほど病んだが、本当に『ぴんぴんコロリン』と逝ってしまった。

思えば、数日寝込んだのは、息子に親孝行をさせたかったからかもしれない。

ついに、冬の朝、師匠は九十余年の人生の幕を、閉じた。

第二章
師匠とふみ

出会い

学生時代に覚えた碁を打ちたいが、仕事を始めてからは相手が居ない。駅からアパートへの帰り道に『碁』の看板がある。一度は入ってみようかと、何時も立ち止まるが入れない。ある日、二階の『碁』の看板を眺めていると、階段を上がりかけていた初老のおじさんが、「碁を打つのか。入ろう」と声をかけてくれた。その言葉に誘われ、思い切って階段を上った。中では、大勢の人が談笑しながら碁を打っていた。

「女性は、歓迎するよ」との席亭の言葉にほっとし、「習いたてで、2、3級です」と言うと、「あの人に、九子くらいで教えてもらいなさい」と、着物姿の紳士を紹介してくれた。

一度経験してしまえば、もう男性ばかりの碁会所通いも慣れてしまった。

碁会所の片隅で、何時も若い人に「師匠」と呼ばれ、機知に富んだ会話をしながら碁を打っている六十歳くらいのおじさんが居る。おじさんの商売は何だろう。サラリーマンではなさそうだし、職人にしては言葉遣いが優しい。

ある日、碁会所に行くと、そのおじさんが囲碁新聞を片手にプロの棋譜を並べており、近づくと、「好きなだけ置け。教えてやるよ」と碁石を片付け始めた。

「ありがとうございます。七子でよろしく」と、私は置石を並べた。それを見て、おじさんは、正式な置石の置き方を説明してくれた。

おじさんの碁は、学生時代に習ったときと同じような碁であり〝下手だまし〟、の手はあまり無いが、気が付くと既に置石の威力は無くなっている。

「ありがとうございました。負けですね」と、言い碁石を集め始める。

「碁も女も同じだよ」

「え」

「べたべたくっ付くと、扱いやすいよ。遠くからじっくりと攻めることを覚えな。君の碁は白石の要求に『はいはい』と答えているだけだ。ボーイフレンドも同じだ。相手の言うとおりにしていたら、敵の思う壺にはまってしまうだろ」と、言いながらトイレに立った。

トイレから戻ってくるおじさんを見ると、「社会の窓」が半分開いている。恐る恐る「おじさん、チャックが半分開いているよ」と言うと、

「そうか、何時、どんな美人に会うかわからないから、急場に間に合うように開けておいたのだ」と、恥じらいもなくチャックを上げた。

「おじさん、ご商売はなんですか」

「僕の商売か。そうだなー、新宿の末広亭だよ」

私は、「この時間帯に遊んでいるようでは、うだつのあがらない噺家なのか」と、半信半疑で先刻の碁を並べ直していた。

白の要求どおりに打ちたくなくとも、打たされてしまう。それは、棋力の無さの所以であり、悔しい。おじさんは、碁会所では五段で打っていた。

何時もの若い衆がおじさんの周りに集まり、碁を打ち始めた。

おじさんは「今日は、これで終わりだ。隣に飲みに行こう。君達も終わったら来いよ」と言いながら、若い人を連れて出ていった。碁の勝敗が見えてくると、私の相手も「さー、僕らも行こう」。私を誘って前を歩き出した。小さな飲み屋の前に着くと、「一枚が二枚、二枚が四枚……」と、がまの油売りの講談が聞こえてくる。

テレビかな、それともラジオかなと思いながら碁仲間の居る二階に上がると、おじさんが、手振りを交えながら演じているではないか。やはりおじさんは、噺家の師匠だったのだと納得した。

「おい、今日から女の弟子が増えた。ところで名前は」と、尋ねる。

「篠原富美子です。通称〝しの〟です。よろしく」

「〝しの〟より〝ふみ〟のほうが良いな、荻窪には、悪ふみが二人居る。これで三ふみだ。三ふみを歓迎して、さあ、飲もう。今日は勘定日だから、飲み代は心配しなくていいぞ」と、杯を傾ける。

「おじさん、落語界では、給料日を勘定日と言うのですか」と尋ねると、一緒に飲んでいた仲間が笑い出した。きょとんとしている私を見ながら、「騙されたね。師匠の商売は電気工事屋だよ。僕らが師匠と呼ぶのは、長年、碁を教えてもらっているからだ。女性を騙しちゃいけないよ」と、学生風の男が言った。

「騙してなんかいないよ。『商売は』と聞くから新宿の末広亭だと答えたのだ。噺家とも漫才師とも言った覚えは無い」と、おいしそうに酒を飲んでいた。

「でも、今のがまの油は、玄人なみだよ」と、私はつぶやいた。

「あれは、師匠の芸の一つで、他にも道を間違えたのではと思うほどいろいろある。時々こうして飲むといいよ。女性は大歓迎だよ。なー、芸能部長」と、言いながら若者はビールをついでくれた。

飲み屋のママが、「この人、歌も上手いの。電気屋にしておくのが勿体ないよ」と言った。

おじさんは、「趣味だから楽しいのだ、今日は、初の女弟子を歓迎してもう一発いこう」と、箸を扇子代わりに使って、森の石松の講談を始めた。

「飲みねー、食いねー……」と、素人とは思えないほど歯切れが良かった。

「おじさん、何処で覚えたの」

「ラジオでさ。丁度時間となりました」と、帰り支度を始めた。

おじさんは、碁会所では「師匠」、飲み屋では「芸能部長」、そして仕事では「司さん」と呼ばれる電気工事士であることを知り、私は「師匠」と呼ぶことにした。別れ際に受け取った名刺によると、師匠の本名は渡邊登司勝。名前から一字を取った、『司電設』という屋号で仕事をしていた。

七十の手習い

師匠は、何時ものように若い衆を相手に碁を打っているだろうと、私は、久し振りに碁会所に行った。ところが、師匠は席亭と碁を打っていて、他に客は居ない。

「師匠、お久し振り。何時もの人達は」

「皆、それぞれ仕事があって来られないらしい」

「でも、若い人はともかく、常連のおじさん達はどうしたの」

「最近、この時間になるとマージャンに行ってしまう」と横から席亭が答えた。

「マージャンか。私も随分パイを握っていないなー」

「おふみもマージャン出来るのか」

私の学生時代は、マージャンとボウリングの全盛期であった。大学の周りは学生相手の雀荘が軒並みあり、男子学生などは、学校へ通うのか、雀荘に通うのかわからないほどだった。「俺でも、出来るかな」の師匠の言葉に、私は、「相当な月謝を覚悟すれば、出来ると思う。世の中には十年早いという言葉があるけど、師匠の場合は十年遅いよ」と答えた。

「そうかー、碁は金が掛からなくて一番いいか」と、席亭との碁を続けた。

私は師匠の前に座り、碁石を並べる。その日は二、三局打って別れたが、数日後、碁会所へ行ってみると師匠が居ない。席亭に尋ねるとマージャンに行ったと言う。とうとう始めたか。多分負けているのだろうなと思いながら雀荘に行くと、師匠は相変わらず周りを笑わせながら、同年輩のおじさん連中と卓を囲んでいた。

「師匠、ルールがわかるの」

「ここ数日、本を買って勉強したが、難しいなー。今日はデビュー戦だ」と、師匠は満足げに言う。

「今日のなべさんは、ビギナーズラックだ」

「親爺のチョンボは許しているから、大丈夫だよ」

「この歳で新しいことを始める親爺に感心した」と、周りは師匠の仲間入りを歓迎しているようであった。

「俺は、雨の二十文だ」と言う師匠の言葉に、仲間は一瞬考え込んだ。

「ああー、花札の小野道風ね」との雀荘のママの言葉に納得した。何度失敗しても柳の枝に飛びつこうとする蛙を見て、諦めず努力することの大切さを悟ったという道風の逸話に、自分のマージャンを重ねた洒落である。

　私は、ママの差し出したお茶を飲みながらしばらく師匠のマージャンを見ていたが、碁と同じように、パイを引くたびに慎重に考えながら打つ師匠に疲れを感じた。

碁はどんなに考えても怒る人は居ないが、マージャンはあるテンポで打つものである。

「おふみ、俺の代わりに打て」との師匠の言葉で、とりあえず代打ちを始めた。

「マージャンは、私が師匠になるから見ていなさい」

「上手いものだ。どうしてそれがアタリだ」

「少しずつ役作りを覚えないと、『二百円で仕入れた物を、百円で売る』というような商売になってしまうよ」

マージャンを終えて、近くの飲み屋で一杯やると、師匠は、疲れが出たのか酔ってしまったので、少し寄り道になるが師匠を家まで送った。迎えに出た奥さんは、「老人達のマージャンだから賭け金は小さいけど、勝負は勝たないと面白くないので、そのうちに止めるでしょう」と、笑いながら師匠を迎えた。

師匠の「下手の横好き」のマージャンは続いた。私が会社の帰りに碁会所に寄ると、何時ものメンバーでマージャンをしに行ったと言う。私が、師匠やあの金持ちの親爺達に靴でも買ってもらおうと雀荘に行くと、家庭マージャンの雰囲気で楽しんでいた。

「師匠、勝っている」と、話しかけた。

「『俺の勝つのと、猫の転んだのを見たことが無い』とママが言っているよ。対面（トイメン）の旦那と俺のマージャンは、『勝つか、負けるか』でなく『負けるか、負けないか』だよ」

要するに勝つことはなく、良くて損が無いという意味であった。

「良くてトントンね」

「そうだ、ここは、『東東』だから」と、師匠は雀荘の屋号を言った。

何時も、老人二、三人の常連に、若い人が加わっていた。そして、老人達は〝カモ〟であった。

「おじさん達、今日は私の靴代を稼がせて」

「ああ、若い者が、こんな老人を相手に遊んでくれるなら、少々の金は安いものだ」

と、金持ちの老人が答えた。

後ろから師匠のマージャンを見ていると、当たっているのに気付いていないらしい。

「どうして、『ロン』と言わないの」

「俺は、無口だから」と、気付いていなかったとは言わない。

「親爺は、時々無口になってくれるから助かるよ。おふみさんは、靴代か。僕は、万博の旅費でもと思っているよ」と笑う。つくばの科学万博が開催中であった。ひとしきり、万博が話題になった。

「おふみさんの会社も出展しているの」

「いや、あそこに出展するには、松下や日立みたいに、売り上げが一兆、二兆でないとだめだよ」

「それなら、家の隣の豆腐屋は出展出来るな。一丁や二丁なんてけちな売り上げでないよ。毎日、百丁、二百丁と売り上げている」と、無口のはずの師匠がすかさず返した。

「くだらないこと言わずに、真剣に打ちなさい」

師匠の機智に富んだ台詞は、雀荘の雰囲気を明るくしていた。

住宅ローン

私は、母を亡くし、その寂しさから仕事に熱中していた。そんな私だったから、長年交際していたボーイフレンドも離れてしまった。このまま一人で居るようなら、六畳一間のアパート生活を止め、マンションでも購入することを考えた。幸い母が遺してくれた少しの金に、蓄えを加えれば頭金はある。郊外に行けば新築を買えそうであったが、荻窪だと中古になってしまう。不動産屋といろいろ相談するが、なかなか思い切りが出来ないでいたとき、駅前のマーケットで師匠の奥さんに会った。

「皆さんお元気ですか」

「おとうさんは、おふみが来なくなったと気にしていたよ」

そうだ、師匠に相談してみよう。私は、碁会所で師匠に相談した。

「おふみ、荻窪には、こうして友達も居るだろ。郊外に行けば俺達に会えなくなるよ」

「でも……」

「それに、今ここで、俺達に百万、二百万を出してくれといっても無理だが、給料日近くなって飯が食えないときに、一食くらいは面倒みるよ」

「そう……」

「なあ、皆、おふみが困ったときの夕食くらいは何とかするよな」と大きな声で周りの人に賛同を求めた。「そうだ、そうだ」「飯くらいは俺達が何とかする」と、何人かが賛同した。私は、この言葉に勇気づけられて、荻窪の中古マンションを購入することにした。


引越しをする前のリフォーム工事を、師匠に一任した。師匠は、現役を引退したような年寄りの職人さんばかりで工事を始めた。しかし、みんな活き活きと仕事をしている。

私が工事の様子を見に行くと、師匠は、

「おふみ、君の予算では、この壁はここまでしか貼れないぞ」と、残り半分が古いままの壁紙を指した。

「だめよ、予算内で、全部貼ってくれないと」

「『予算を使い果たしたから、ここまで』と思ったがだめか」の会話に、大工さんが
「司さん、女性をからかうのは止めな。久し振りに仕事が出来たのだから」と師匠をいさめた。

「ブリキで見積もって、ステンレスを使ったような工事では、手間賃にならないよ」

「手間より、こうして仕事が出来ることが嬉しい」などと話しながら、師匠と大工さんは作業を続けていた。

素人の私には、材料の良し悪しはわからないが、結構きれいに出来上がっているので、少々の予算オーバーは覚悟をした。

工事が終わり、渡された請求書を見ると案外安く上がっていた。

「師匠、予算内で間に合っているね」

「安くするために、現役を辞めた年寄りだけで工事したからな。みんな喜んで仕事を

してくれたよ」

「そう、ありがとう」

「予算の余りで、競輪に行こう。競輪を教えてあげるよ」

「このお金は、奥さんに渡さないと……」

工事を始めたときに、奥さんが「このじいさんは、蛍光灯でも何でもすぐにかじってしまうから」と、ぼやいていたことを思い出し、工事用の軽四輪車で師匠の自宅に行き、奥さんに直接お金を渡した。

「ローンが払えなくなったら、何時でも食事しにいらっしゃい」と、奥さんの優しい言葉に荻窪に住むことにした喜びを感じながら、家に戻った。

新居にも慣れた日曜日のことであった。電話のベルで目が覚めると、師匠の声である。

「おふみ、ローンを払えているか」

「大丈夫よ」

「ばあさんが心配して、今日は、おふみさんを呼んで飯でも食おうと言っているよ。どうする」

「喜んで行きます」

「じゃ、夕方碁会所で待っているよ」

夕方、碁会所に行ってみると師匠の姿は見えず、隣の雀荘に行くと、案の定居た。

「師匠、今日は、奥さんと食事するのではなかったの」

「ばあさんの飯なら、何時でも食べられる。おふみ一人で行け」

「マージャンだって何時でも出来るよ」

「ばあさんの飯は金にならないが、マージャンは日当になる」

勝つことのないマージャンで、どうして日当になると思いながら一人で行くことにした。

家では、奥さんとお孫さん達が待っていた。師匠はマージャンをしていることを告げると、「仕方ないね。じいちゃんの好きな松茸ご飯にしてあげたのに」と、奥さんは笑った。

そういえば秋になると、師匠は奥さんの松茸ご飯を自慢していた。師匠の奥さんは関西の生まれで、職人宅にしては珍しく薄味の料理であった。その夜は、師匠自慢の松茸ご飯をおいしくいただいた。

私は、これを契機に師匠との親交が深まり、師匠からゴルフの手ほどきを受け、師匠が参加するゴルフコンペなどに、しばしば同行をするようになった。

右肩上がりの景気は、荻窪の小さな電気屋にもそのおこぼれをもたらし、陽気な師匠をますます陽気にした楽しい日々が数年続いた。しかしながら、「人生、山あり、谷あり」の言葉違わず、昭和天皇の病状がテレビに流れるようになった頃、師匠の奥さんは、死の宣告を受けたような病に倒れた。

二個一

師匠が奥さんに先立たれ、一人暮らしが始まって数年たった。私は、碁以外でも師匠と行動を共にする日が増えた。

師匠が仕事を辞め、長年ベンツと称して乗っていた軽四輪車も手放したのを機会に、ゴルフの練習などに行くときのために、私は乗用車を買った。

ある日師匠が、朝早く訪ねて来た。

「おふみ、お前に高速道路の走り方を教えてあげるよ」

そういえば先日、高速道路を運転した経験が無いことを話した。ゴルフの練習でなく、運転の練習を思いついたようである。

「何処へ行くの」

「俺に、ついて来い。まず東名に入ってくれ」

私は、ガソリンが十分あることを確認して、環八を東名に向かって走りながら、

「何処へ行くか知らないけど、ガソリンは十分あるよ」

「ふみ、前から思っていたのだ。この車に交通安全のお守りが無いな」

「うん」

「今日は、平塚の寒川神社に交通安全のお守りをもらいに行くのだ」

「へー、そんなところまで行くの」

「あそこは、交通安全で有名なところだよ」

本当かどうかは知らなかったが、私の高速道路デビューを兼ねて、平塚に行くことになった。

「三車線は、真ん中の車線を百キロくらいで運転するのが一番いいよ」

「無理な追い越しをするな。急ぐ旅でもない」

師匠の指導を受けながら、厚木のインターに着いた。

インターを出てからは、師匠の案内で寒川神社に向かった。

格別の行事のある時期でもないので、参拝客はほとんど居なかった。師匠と私は神社にお参りし、社務所で交通安全のお守りを買った。

ベンチで缶コーヒーを飲みながら、「これからどうするの、帰るの」と尋ねると、「まあ、折角ここまで来たのだから、俺について来いよ」と師匠は、私から車のキーを受け取り、運転を始めた。

地図が無いので、道路案内標識を頼りに師匠が連れて行ったところは、平塚競輪場だった。

「ここで、二鞍ばかりやっていこう」と、ポケットの中から小さく折り畳んだスポーツ新聞の競輪紙面を取り出した。それを見ると、立川などの東京近在の競輪場での競技は実施していなかった。師匠は、高速道路の運転練習を口実に、最初から平塚競輪に来る予定だったのだ。しかし、好きな競輪でも、最終レースまで楽しむと帰りが遅くなるので、早めに帰ることにした。

「ふみ、高速でなく下を走ろう」

「道、わかるの」

「大丈夫だ。俺達は二個一（ニコイチ）だ。二人で一人前だ、それに俺は尋常小学校出だぞ」

「道路標識くらいは読めるね」

そうして、東名を走らず、東京に向かうことにしたが、メイン道路だけでは面白くないらしく時々横道に入る。

師匠の運転で川崎あたりまで来た。そこで「ふみ、疲れた。後はお前に任せるよ」と、運転を代わった。

「おふみ、環八を通らないで、読売ランドのほうから帰ろうよ」と言う師匠の提案に、環八の渋滞を考えれば、遠回りになるが時間はそう変わらないだろうと、私も賛成した。

「師匠の道案内に従って運転するから、右折左折は早めにね」

師匠の、長年の経験と道路標識を頼りに運転を始めたが、右折禁止や一方通行にぶつかり段々道がわからなくなってきた。

私は心配になり、「師匠、迷子になったみたいよ。どうしよう」と、隣の師匠を見た。

「大丈夫だ。年内には、何とかなるよ」

「まあ、今日中にはね。地図を出してみて」

「地図など必要ないよ。まだ日本国内に居るのだろ」

「え」

「海を渡っていないだろう。だから日本に居ることは間違いないよ」

「今は、四国も北海道も全部繋がっているのだろ。それなら大丈夫だ」などと、師匠は陽気に話していた。師匠の長生きの秘訣はこれだ。物事にくよくよせずに、何時も前向きに考えている。

　ガソリンもだいぶ減ってきて、補給したほうが良いかなと思っていると、

「おい、あの軽トラ練馬ナンバーだ。きっと仕事の帰りだ。しばらくついて行け。大きい道路に出たら方向を考えよう」

　師匠も、「年内には帰れる。まだ海を渡っていない」、などと気楽に言っていたが、ちょっと心配していたのだ。どうにか多摩川を越え、通い慣れた京王閣に近づいた頃、「少しずつ目的地に近づいたね。二個一は助かる」と、二人は笑った。

より親しく

私は、その日は都内出張であった。仕事は四時頃終わったが、三鷹の職場に戻っても五時を回る。とり急いでやらなければならない仕事が無いので、少し早いがそのまま直帰することにした。残業が続き、碁会所にはしばらく行っていない。碁でも打って師匠と食事をしようと碁会所に顔を出した。

碁会所には師匠の姿が無かった。席亭は、私の顔を見るなり、「大変なことになった。師匠が怪我をした」と、話しかけてきた。

「え、今何処に」

「家に居ると思う。昼頃、足を腫らしてここまで来た。碁仲間の外科医に相談したら、すぐに近くの医者に連れて行けと言われ、タクシーで連れて行った」と席亭は言った。

「息子さんに連絡とれたの」と、私が問うと、

「電話したがだめで、師匠がおふみさんの電話番号を教えてくれたので電話したら、『出張です』と言われ、困っていたところだ」と、言う。

「でも、ここまで歩いて来たのだからたいしたことはないね」と私が言うと、「医者の話では、小指の付け根の骨折らしい。家族が居るなら心配無いが、一週間くらいは、あまり動かないほうが良いそうだ」と席亭は困っていた。

「とにかく、今から行ってみる」と私は、夕食のためにと思い、駅前に戻り刺身など適当に取り揃えて師匠の家に行った。

外から声をかけると、師匠は、「おふみか、裏に回れ。裏のモーターの下に鍵はあるはずだ」。

私は、重いモーターを持ち上げ、鍵を見つけ、玄関を開けた。師匠は、包帯で太った足を投げ出し、お茶を飲みながらテレビを見ていた。

「ふみ、今日は早かったな」

「虫の知らせか、ちょっとサボって出先から直帰して碁会所に行ったら、席亭が『怪我をした』と言うので、びっくりしたよ」

「歳のせいか、転んだらこの様だ」

師匠の話では、出がけに玄関先のごみを拾おうとして、縁石に躓いて転んだらしい。痛くてしょうがないので救急車を呼ぼうかと思ったが、少し歩けたので、とにかく碁会所まで行って席亭に相談した。席亭が、店をお客さんに任せて南口の整形外科に連れて行ったらしい。医者からは「入院するほどでもないが、歩くのは家の中くらいにして、無理をしてはいけない」と言われたようであった。


「師匠、食事どうするの」

「何時もは、朝はここで白飯と鮭で。夜は外で食べている。しばらく外には出られない」

「そうだ。さっき、〝ゆう〟が来てこれを置いていった。食べる物だ」と、テーブルの上の買い物袋を指した。息子さんには、連絡がとれたようであった。

「じゃ、ふみの買ってきた物とそれで食事をしよう」と私は、台所で惣菜を皿にもり、裏の物置から沢庵を出して、居間に戻るとテーブルにビールの用意がしてあった。

「師匠、酒なんか飲んでいいの」と聞くと、「医者は、酒はだめと言ったが、ビールはだめと言わなかったぞ」とすまして言う。

「でも、今日は止めな」

「そうだな、今日くらいは我慢するか。おふみだけ飲め」と、自分は、お茶を飲みだした。

「師匠、これからどうする。しばらく外で食事が出来ないよ」

「一週間くらい、食べなくとも何とかなる」と、簡単な食事をしていると、食堂のママが、食べ物を差し入れしようかと電話してきた。私は、師匠の様子を説明して電話を切った。

「食事は、自分で何とかする」と師匠が言うので、私は、「じゃ、しばらく、ふみとママが夕食を助けるよ。冷蔵庫に少し補充しておくから、朝は今までどおりにしていて」と言いながら、医者のことが頭をよぎった。

「食事は決まったけど、医者はどうする」と、私が聞くと、

「そうだ、明日か明後日に腫れが引いたら、もう少しきちんと固定すると言っていた。

めんどうくさいなー」と、師匠は他人事のように答えた。

「明日なら午後半休を取るけど、明後日にしよう、土曜日だから」と、私が言うと、

「そうだな、それでいい。二日もしたら、表通りくらいまでは出られるだろう。何とかなる」と、持ち前の楽天家で私を安心させた。

私は、食事をすませ、師匠と碁を一局打って帰った。


それから数日、定時に退社するように心がけたが、会社が繁忙期のため都合出来ないことが続いた。そんなときは、日頃通っている食堂や、ラーメン屋のママから師匠の好物の差し入れがあったようだ。師匠の足は少しずつ良くなり、一週間ほどで、杖をつきながら碁会所くらいは行けるようになった。

ギブスが取れた最初の休日の碁会所で、師匠が「灯油（晩酌）の時間になった。そろそろ出かけるか」と立ち上ると、碁会所の誰かが「おとうちゃん待て。今日はみんなで快気祝いすることにしてあるのだ」と、師匠を止めた。

仲間の終局を待って、近くの居酒屋で祝杯をあげた。皆は、「寝たきり老人にならな

くて良かった」などと、師匠の怪我を口実に宴会を始めた。散会のとき、碁仇の一人に「ふみさん、師匠を家まで送れ」と言われ、師匠の家に向かった。歩きながら師匠は、「皆、良くしてくれるなー。特に、ふみはどうして俺にこんなに親切にしてくれるのか」と、奇妙なことを聞いた。

「そうねー、どうしてかしら。昔、随分と世話になったからかな。それとも愛しているのかな」と、お茶らける私に、「面倒をみた覚えが無いよ。ふみ、ここでいい。帰れ」。

その言葉に、師匠の家が見える曲がり角で別れた。一人になり、私は、師匠が現役で、羽振りの良かった頃ご馳走になったこと、奥さんにお見合いを勧められたこと、そして、師匠が吉祥寺の金持ちと台湾にゴルフ旅行をしている間に、息子さん達のゴルフコンペに参加したことなどを思い出した。


師匠の怪我もすっかり癒えた頃、私の会社では組織変更があり、私は、閑職へと配置転換になった。新しい職場への辞令を受けた夕べ、師匠を碁会所に訪ね、寿司屋の小上がりでゆったりした気分で食事をした。

「師匠、明日から窓際族になったから、毎日定時に帰れるよ」と、私は言った。だが、師匠には、窓際族の意味がわからなかったようなので、少し事情を説明すると、「くびになった訳ではないのだな。〝窓外族〟でなくて良かったな」と、寿司を口に入れた。

「師匠、これからは毎日一緒に食事をしよう。どうせふみは、帰って一人で食べてもおいしくないし、一人では二品でも二人で食べると四品食べられるよ。人間は一日に三十種類くらい食べないといけないそうだし」

「そうするか。俺も助かる。でも、一流会社の技術課長さんに、そんなに面倒をかけていいのかな」

「一流会社じゃないよ」

「上場会社だろ。俺の周りには、上場会社の女性課長なんておふみしか居ないよ。俺は、飲み屋で時々自慢しているのだ」

「自慢するのは止めてよ。明日から碁会所に顔を出すから、待っていてね。末永くよろしくお願いします」と、私は、おどけて頭を下げた。

「わかった。今日は、俺のおごりで飲もう」と、酒を追加注文した。

再び、私の会社での話になると、師匠は、

「お前、覚えているか、碁会所に来ていた長銀の偉いさんのこと。彼は、『窓際族でも、会社は、女房に渡す給料を保証してくれる。その間に退社後のために充電をしておくのだ』と言っていたよ」

「知っている。あの人、経済評論家として時々テレビに出ているよ。私も彼の作品をいくつか読んだよ。彼の『囲碁、マージャンなどの文化輸出論』は面白いね。私もこれから定年後の計画でもしようか」などと、昔からの共通の囲碁仲間のうわさ話を肴に飲んだ。

しばらく、こんなとりとめのない会話をしていて、師匠は手洗いに立った。

手洗いから帰ると、

「ふみ、断っておくが、俺は、金も、男の機能も無いから、何もしてあげられないぞ」

「なに、それ」

「要するに、ダイヤモンドとか、子作りはだめだということだ」

「なーんだ。トイレで、そんなことを考えていたの」と私は、笑い出した。

「お前が、『末永くよろしくお願いします』なんて言うからだ」

「今までどおり、ゴルフをしたり、週末は、競輪に行ったりしてくれればいいのよ」

「それなら、いい。これからは、もっとゴルフに行けるな」

「何時ものメンバーとゴルフ旅行でもしよう」

「よし、これで決まった。そろそろ帰るか」と、勘定をして外に出た。


私は、新しい職場に移り、今までの部署とは違って定時に帰るようになった。荻窪駅を降りて、まず、碁会所の隣の食堂を覗く。そして師匠が居ないときは、碁会所に行き、二人で夕食をするようになった。変り映えのしないメニューであるが、定番の他に季節物がある。なにより、作り置きが少なく、ママが注文を受けてから作ってくれ、客に合わせた味加減にしてくれるのが嬉しい。あまり飽きることも無く、常連さんと談笑しながらの食生活が始まった。

師匠と私は、それぞれの生活パターンを維持しながら、私は師匠を慕い、師匠は私を頼りにしながら日々の生活は続いた。

第三章 碁会所

免状

碁会所は、通勤途中の薬屋の二階にあった。畳の部屋であり、碁盤は商売上きちんと並んでいたが、他は雑然としていた。

師匠から碁を教わるようになってしばらくしたとき、壁に、私の真新しい名札がぶら下がっているのに気付いた。随分達筆だった。後で知ったが、碁会所の看板も師匠が書いたものだという。

「昨日、渡邊の師匠が、持ってきてくれたよ」と、席亭は言った。

「師匠、ありがとう」

「名札が無いと、かわいそうだからな」と、師匠はさりげなく答えた。

「師匠は、字もうまいのね」

「食べたことないからわからない」

「師匠は何をやらせてもうまいよ」の、席亭の言葉に、

「そんなことはねー。屁は臭いぞ」と碁を続けた。

席亭に、「とりあえず2級にしたが、勉強すれば初段にはすぐなれるよ」と言われ、私は、初段を目指して、暇なときは碁会所に来ることにした。


碁を打ちに通うようになって一年ほど過ぎたある日、碁会所に、日本棋院の種子島までの船旅のパンフレットが置いてあった。プロ棋士と碁を打ちながら、船で種子島を往復する企画だった。当時は、林海峯と、石田芳夫、武宮正樹などの木谷實門下生の全盛期であった。


それらの有名棋士と碁を打てるなら、参加しようかなと思っていると、

「師匠をはじめ数人が行くよ」の、席亭の誘いに対して、

「会社を休めるようなら……」と、パンフレットの一枚をバッグに入れていると、席亭は、「親に死んでもらいいな」と知恵をつけた。

親を殺さなくても、休みは取れた。当日私は、碁会所の仲間と荻窪駅で待ち合わせ、横浜港に行った。船は、ブラジル移民船として使われていたものを改造したものにしては、結構豪華であった。

船内には、ルーレットなどのゲームコーナーもあった。添乗員は、船内での行動規則や、囲碁大会の案内をした。

囲碁は、各自が自由に相手を見つけて打つ他、クラス別のトーナメント戦が計画されていた。荻窪の仲間は皆、日頃の段位よりランクを落としてトーナメント戦に参加した。

私は、船旅が珍しくて、碁を打つより甲板で鯨を見たり船内を探索したりした。

二日目の夕食は、船長主催のパーティーであった。私は、酒のせいか頭が痛くなり早めに引き上げた。額に手をあてると少し熱があり、昼間の興奮での知恵熱かな、と思いながら寝ていると、師匠達が帰ってきた。

「おふみ、大丈夫か。診療所があるそうだ。場所は、こいつが知っている。行ってみろ」

私が、友達に案内され診療所に行くと、中から看護師さんが出て来て、「ここは、保険がきかないので、ひどくなかったらそこの売店で薬を買っていきなさい」と親切に教えてくれた。一緒に来た友達は、プロの碁を見に行くと出かけたが、私は寝た。

各クラスのトーナメントは、終盤になっていた。私は一回戦で敗退したが、有段者の部で、師匠が残っていた。師匠の碁が時間切れになるので、プロ棋士の判断を待つことになった。「この段階での判定は無理なので、もう少し続けましょう」の言葉で、戦いは続いた。大勢の人に混じって、私は、碁を見ていた。師匠は、形の悪い白地に打ち込み、しばらくその攻防が続いた。突然、師匠は〝コウ〟を仕掛けた。隣に居たプロ棋士が「この黒強いよ」と、つぶやいた。私が、小さい声で「どうしてですか」と尋ねると、「あの〝コウ〟が勝負の分かれ目で、黒は、コウ材を作ってから仕掛けた」と教えてくれたが、私には、高級過ぎてわからなかった。碁は、〝コウ〟に勝った師匠が勝った。

トーナメントは全て終わり、優勝者はプロと打てることになっていたが、師匠は優勝出来なかった。

喫茶コーナーでコーヒーを飲みながら、私が「師匠、私達三人で、プロの三面打ちをお願いしようよ」と言うと、「林海峯がいいな。頼もう」と友達が賛同し、私は九子、後の二人は六子で指導碁を受けた。

指導碁を打ちながら、林海峯は、

「これだけ打てれば、五段の推薦が出来ますよ」と師匠に話しかけた。

「お金かかるだろ。俺は、金を払ってまで免状はいらないよ」師匠は、素っ気なく答えた。

政治家や、大会社の社長は名誉のために免状を手にするが、師匠は「名より実」のタイプであった。

私が、碁を本格的に始めてから数年たった。初段の免状が欲しくなった。碁会所の常連に、師匠より少し強い観戦記者が居た。二人は、何時も碁会所で〝メゴ〟という賭碁をしていた。師匠は、「こいつ、初段が欲しいそうだ。安く斡旋してくれ」と、彼に頼んだ。

「渡邊の師匠が、初段を認めるのだな」

「俺にはわからないが、本人が初段はあると言う。それほど正しい証言は他に無いだろう」

「わかった」

それから一ヶ月ほどして、観戦記者が、私の初段の免状を持ってきた。

碁会所で、お披露目した。

「ここには沢山の碁打ちが来るが、日本棋院の免状を持っている人、何人も居ないよ」との席亭の声に、「こんな、紙ペラ金出してまで欲しいかねー。鼻紙にもならないよ」

「実力が伴わなくとも免状があれば、どうどうと〝初段〟と言えるな」などと冷やかされたが、私は、大事に持ち帰り部屋に飾った。

碁仇

碁は盤上の格闘技であって、その用語は「殺す、切る、打ち込む」などときつい。碁打ちは「親の死に目に会えない」と言われるほどに、このバーチャル殺人ゲームに熱中してしまう。

マージャンで一万円負けてもあまり悔しくないが、賭けていない碁に負けると本当に悔しい。それは、碁打ちなら誰もが同じである。この負けたくない一心で、日常では考えられないような言葉が飛び出す。ほぼ気狂い状態になるが、人格が異常な訳ではない。

「待ったはだめだ」

「はがしはだめだ。一旦置いたら動かすな」

碁会所では、この辺までの会話は日常茶飯事である。

日曜日の午後の碁会所は、碁仇を求めて大勢の人で混んでいた。私は、同レベルの相手が来るまでと上級者の碁を見ていた。

そんな日曜日、仲の良い一組のメンバーが、

「おい、この石、動かしたな」

「動かしてなどいねー。袖口でずれたのだ」

「何時もそうやってごまかすのだな」

「ごまかすとはなんだ」

「石をずらしたからだ」と、言い合いを始めた。

碁は一路違えば生きている石も死んでしまうことがある。なにやら、不穏な空気になってきた。何時もは、碁仇として仲の良い二人であるが、ますます語気が激しくなる。

とうとう立ち上がり、にらみ合いになった。

「表に出ろ」

「打つなら打て」

などと、腕を振り上げていた。席亭をはじめ何人かが止めにはいるが、けんかはエスカレートし、取っ組み合いになりそうになった。

すると、傍らで打っていた師匠が急に立ち上がり、大きな声で「おーさん、やまさん、もういいでしょう。静まれー、静まれー。この紋所が目に入らぬか」と、タバコの箱を右手でかざした。師匠の大声と仕草に驚き、周りの者はもとより、先刻までけんかをしていた二人も一瞬黙り、笑い出した。

「けんかは碁盤の上でやれ」と、二人に言った。

「師匠、悪かった」と、やまさんの言葉に、

「おい、先刻の碁はチャラにして打ち直そう」と、けんか相手はやまさんに語りかけた。

事件は一件落着して、おーさんとやまさんは再び碁盤に向かい合った。師匠も何事もなかったように、碁を打ち始めた。

囲碁から生まれた言葉に「おかめ八目」ということわざがある。それは、傍らの観戦者は、八目のハンデキャップをもらったと同じくらい、対局者より手が見えることである。要するに、「当事者じゃない人のほうが物事の成り行きをよくわかっている」という意味だ。

脚つき碁盤の裏側に四角に刳り抜かれた窪地がある。一説には、他人の碁に口出しをしたときに、首を刎ね、その頭を置く場所とかで物騒な話である。また、碁盤の脚は、口出し禁止の意味でくちなしの実の形をしている。これほどの戒めがあっても、他人の碁には、口を出したくなるもののようだ。

しばしば、私が碁を打っているとき、師匠は心配そうに観戦していた。何時も観戦しながら、口出しを我慢して足で合図をくれるが、その意味がわからない。終わった後の反省では、師匠が急所を解説してくれることもあるが、ほとんどは「策が無い碁はつまらない」と私を冷やかす。

あるとき、隣で打っていた師匠達の碁は終わり、私達の碁を観戦し始めた。盤上は、ねじりあいの戦いになっていた。

「食うか、食われるかの戦いだな」「この攻防で、決まりだな」などと、観戦者は勝手なことを言っていた。

私が弱いなりに考えこんでいるとき、師匠は、私に足で合図してきた。石を置く手を止めて盤面を眺めると、急所が見えた。

私の置いた石に、「いい手だね。そこで白は付け越しを打つね」と、観戦者の一人が言い出した。一度口出しを始めると、もう、止まらない。彼の悪い癖である、「継ぐ、伸びる」などと、一手ごとに指図した。

私の相手は、イライラし、「黙っていてくれ」「あっちに行ってくれ」とクレームをつけるが、止まらない。

黙って観戦していた師匠は、「嫌がっているのだ、少しは慎め」と、なだめる。

「親爺、慎めとはなんだ」

「そうか、そっちがそのつもりなら、こっちも考えがある」と、観戦者と師匠との口論になった。

「まあ、まあ、その辺で」と席亭が仲介する。

「わかった。今度口出しをしたら、出るところに出るぞ。郵便局でも消防署でも」と、師匠は相手に向かって言った。

「警察でないのか」の質問に、「あそこは面倒なことになる。警察で『死んだ、殺した、切った』と話せるか」と、師匠は何事もなかったように答えた。碁会所は笑いに包まれた。

席亭は、「碁仇は憎さも憎し、懐かしし」と、落語〝笠碁〟の一節をつぶやきながら、お茶を持ってきた。


師匠の碁仇の一人に「こうくる」さんがいる。「こうくる」とは、師匠が付けたあだ名である。その理由は、彼が碁を打ちながら「死んだか。こうくる、ああいく」と言いながら手を読む癖による。最初は、師匠と同じくらいの棋力であったが、歳を重ねるごとに師匠の棋力は落ち、彼のほうが強くなった。

何時も二人が打ち始めると、どちらかがコーヒーをふるまう習慣になっていた。

その日も、コーヒーを飲みながら碁を打ち始め、彼は、数手進んだ序盤戦にもかかわらず「死んだか」と言いながら打っていた。

師匠は、「『死んだか』とは俺の石のことか。碁はこれからだ」などと言いながら黒石を置く。

こうして碁は中盤の攻め合いに入った。また、相手が「死んだか」と叫ぶ。師匠は、「おい、そんなに『死んだか』と言うと、これからは、『死んだか』さんと呼ぶぞ。知らない人が聞いたらお前が死んだと思うぞ」などと、大きな声を出しながら打っていた。

こうくるさんは、「おとうちゃん、外で言うのは止めてくれ」と打ち続けた。彼は、碁を打ちながら、いろいろなことをつぶやく癖があった。

私も、自分の相手が考えている間に、ちょっと師匠の碁を覗いた。師匠が劣勢のようであった。師匠は、別の碁仇の口癖の「さー殺せ」と言って、大石の逃げるのを止めて、攻め合いとは関係の無いところに石を置いた。すると相手は、「老巧な手だな」と言いながら打ち続けていた。そして、師匠の一手一手に「老巧な手だな」と数回繰り返した。

師匠は、「〝ご〟を付けてくれ。どうなる。言ってみろ」と言うと、こうくるさんは、意味も無く「ごろうこうの手だな」と言った。「みろ、俺は水戸の御老公様になった」

周りのみんなは、師匠の機智に噴き出した。

「御老公様には、参った。碁は勝っているが、頓知では勝てない」と笑った。

終局になり並べ直しているとき、師匠は、「俺には、〝耳赤の一手〟は無理か」とつぶやいた。

「耳赤の一手」とは、囲碁愛好家の間で今でも語り継がれている江戸時代の名局の話である。江戸時代の本因坊秀策と名人井上因碩の対局の際、劣勢の秀策が打った一手のことで、傍らで碁のわからない医師が、秀策の勝ちを予言したことに由来する。医師の予言の根拠は、秀策の一手に因碩が動揺して耳が赤くなったことだという。

私も碁を始めた頃に聞いた話であり、棋譜を並べてみたことがあった。

ジス・イズ・ア・ペン

私の家に、友人の娘さんが居候をすることになった。娘さんは、友達とコスタリカ人との間に生まれたアメリカ人である。彼女は、両親と離れて、日本の高校に通うために一人で東京に来た。父親は日本人であるが、彼女自身は日本語をほんの片言しか話せない。

私の日本語英語と彼女の片言日本語の生活が始まって一週間ほどたった日曜日、彼女の歓迎パーティーをすることにした。

「師匠、我が家でパトリシアの歓迎パーティーしようと思うけど、来てくれる」

師匠の「いいよ」の言葉で、スーパーですき焼き用の肉などを、買って家に帰った。

私は、居間でパトリシアに師匠を引き合わせた。

「師匠、これからすき焼きの準備をするけど、二人で大丈夫」

「任しておけ。俺だってジス・イズ・ア・ペンくらいなら英語を話せるぞ。いいか、ア・ペンだぞ」

「すき焼きだからあまり時間はかからないし、待っていて」と、私は台所に立った。

私が、台所で準備をしていると、居間から笑い声が聞こえる。話は通じているらしい。ちょっと覗いて見ると、ゴルフや野球で覚えた単語と身振り手振りで話していた。

私の通訳など必要でなかった。

準備が出来ると、三人のささやかな歓迎会が始まった。

「おふみ、俺の仕事は何かと聞くから無職で碁会所通いが仕事と言ったら、無職は通じたが、碁会所通いはだめだ」

私は、碁というゲームとそれを楽しむメンバーの集まりの場所であることを説明し、碁会所の電話番号と場所を紙に書いて渡した。

「パトリシア、何かあって私に連絡がとれないときに、このおじいさんに連絡しなさい。おじいさんは何時もここに居るよ」

パトリシアは、師匠に向かって、

「おじいちゃん、オーケー」

「オーケー、オーケー……」

英語と日本語の入り混じった会話が続き、パトリシアが師匠に「奥さんはどうしているの」と尋ねた。師匠は、

「ワイフ、フィニッシュ」と、右手の人差し指を高々と天井に向けた。

「アイ・シー。ロンリー？」

「師匠、『寂しくないか』と聞いているよ」

すると師匠は、両手で涙を流す振りをした後、

「エブリ、ナイター、こうだ」と、畳の上にひざを抱えて横になった。

「おじいちゃん、家族は」

「ミー、ワン、子供アウェイ」と、と遠くを指した。

「子供」は通じたかどうかわからないが、一人暮らしであることは、理解出来たようであった。

師匠は酔いも回り、得意の演歌を数曲歌って帰ることになった。

「おじいちゃん、今日は、ここに泊まっていったら」と、パトリシアが誘うと、「ワイフ、ウェイト」と、仏壇にお参りする仕草をした。

帰宅途中の車の中で、師匠は、

「おふみ、彼女美人だな」

「混血児だからね」

「俺、彼女と結婚することになった。話は半分決まったぞ」

「まさか」

「本当さ。昔、吉永小百合や山本富士子との結婚も、話は半分までまとまったが、後の半分がだめだった」

「冗談もほどほどにしなさい。この酔っ払い」

「俺は、嘘は言ってないよ。俺のほうはオーケーなのだが、後は相手次第だから、半分は決まっているだろう」

「そうだね。二人のうちの片方が了解なら、半分決まったことになるね」

私は、帰りの車の中で、思い出しながら一人笑いをした。


家に帰ると、パトリシアは、ベッドの中で本を読んでいた。

「今日は、楽しかった」と、彼女に聞くと、「おじいちゃん面白い。今度お友達とおじいちゃんのところに行きたい」と、彼女は答えた。

「良かった。おやすみなさい」

「篠原さん、おじいちゃん、英語上手ね。篠原さんより上手」

私は、その言葉にがっくりきた。どうやら、私のエルとアールの区別の無い英語より、歯切れの良い単語の羅列とボディーランゲージのほうが理解しやすかったようだ。

その後彼女は、私が仕事で遅くなる日など、〝おじいちゃん〟と食事するようになった。

ある日師匠は、碁会所で大石が死にそうになったとき、両手を胸の前で広げて「オー・マイ・ガット」と大きな声を出した。周りの者がびっくりして、「おとうさん、何時、そんな言葉覚えた」と、聞いた。

「これは、おふみのところのアメリカ人に教わったのだ」

「以前、ここに来た美人か」

「俺は、英語をいっぱい覚えたぞ。『モンキースライディン』わかるか」

「ああ、猿すべり」

「石は、ストーンと言うのだ。どうだ、英語を勉強したければ俺に習えよ」

「おとうさん、〝定石〟は何て言うのだ」と、別の仲間が師匠を困らせようと聞いた。

「そんなこと俺にわかるものか。そこの英語の先生に聞け。それより、俺の大石が死にそうなのだ。見ろ、救急車が来るぞ」

碁会所の前の青梅街道を救急車が通り過ぎて行った。

そこで私は、

〈死にそうな　石のあるのを知るがごとく　表を走る救急車かな〉

と、一句読んだ。

貧乏暇あり

私は明日から連休に入る。それも今年は、カレンダーの組み合わせが良く、九連休になった。ルンルン気分で碁会所に寄ると、師匠は何時もの場所で碁を打っていた。私の顔を見て、「よう」と一言挨拶をした。私は、「明日から九連休よ。楽しいな」と大きな声で言うと、周りも皆も「すげーな」と言った。

ただ、師匠だけは、私の顔をまじまじと見ながら、

「九連休でそんなに嬉しいのか」

「そうよ、こんなことめったにないもの」

「俺なんか、三六五連休だぞ。参ったか」

「師匠、そういうのは連休と言わないの」

「続けて休むのを連休と言うのだろ。俺は、三六五日休んでいるよ」

「ご隠居生活はいいね。うらやましいよ。私なんか〝貧乏暇無し〟で、たまの連休が嬉しくて」

「おふみ、貧乏暇無しは幸せだよ」

「はー」

「俺みたいに〝貧乏暇有り〟が一番辛いよ。一日が長くて……」

師匠は、八十歳頃に仕事を辞め、それからは碁会所に来るのを日課としていた。

「それなら〝金持ち暇有り〟が一番いいのかな」と、碁を観戦していた一人が横から口を出した。

「それも、辛いみたいだぞ。吉祥寺の俺の友達を見ろ。大きなビルのオーナーでお金には不自由しないが、することがないらしくて、『競輪に行こう、ゴルフに行こう』と、毎日のように電話があるよ」と、師匠は答えた。

私は、「やはり、貧乏暇無しが一番いいのかな。生活に困らない程度に忙しく働いて、たまの休みにゴルフや、競輪をするから楽しいのかもしれない」と思った。

「席亭、俺にはお金の掛からない碁があるから良かったよ」師匠が席亭に話しかけた。

「おとうさん、百歳まで、暇つぶしに通ってくださいね」

「たった百までか。それ以上はだめか」

「それ以上だと、僕のほうがもたないよ、おとうさんの百歳なら何とかもちそうだが……」

「そうか、百までは、あと十数年か。俺の仕事は、碁会所に来ることだからな」

「他のお客さんも、定位置におとうさんが居ないと落ち着かないらしいよ。ボケ防止のためにも出勤してください」

「おとうさん、『一日に三人以上の人と会話をしなさい』とテレビで言っていたよ。碁会所に来ることは、歩くし、会話も出来るからいいよ」

「僕なども、おとうさんと同じで、サンデー毎日だから、碁会所に来るのを仕事にしているのだ」と、別の老人が答えた。「競輪、ゴルフは、お金が掛かるので毎日は無理だしな」と、老人達の雑談会になった。

そこへ、師匠より少し若いおじいさんが赤い顔をして入って来た。

「もう一人、暇人が来たよ」と、師匠は彼を手招いた。

「僕は、少し出来上がっているが、碁は負けないよ」と、師匠の前に座った。

碁会所は、老人クラブのようなものである。とにかく一日ワンコインくらいで昼間から夜まで遊べる。老人の暇つぶしには、最高の場所である。


何時もの定食屋が休みなので、私は師匠と鰻屋で夕食をすることにした。

鰻屋は、師匠の家の近くにあり、長年の付き合いであった。

「おふみ、俺がおごるよ。今日は金持ちなのだ」

「どうして?」

「昨日、競輪で儲けた」

ママが、ビールとコップを持ってきた。

「ママ、札食う馬は居ないか。俺は、ごまんとお金を持っているよ」と、私に財布を開いて見せた。中に、一万円札と数枚の千円札があった。

「五万は無理だけど、一万はあるね」

「一万あれば、米の飯だ。しかもビール付きだぞ」

ご機嫌にビールを飲みながら食事をした。

「師匠、毎日午前中は何をしているの」

「ばあさんにお茶をあげ、十時頃、テレビを見ながらビールを飲んでいる」

「そして、一時を待って碁会所に来るの」

「一時になるまで、結構長くてなあー」と話し合っていると、ママが、鰻重を運んできた。「でも、おとうさんは碁があるから、毎日することがあっていいよね」と、ママが語りかけた。

「この歳になると、仕事をしたくとも出来ないし、せいぜい出来るのは、周りに迷惑をかけないように元気でいることだ」

何時もは、酒が入ると饒舌になるのに、その日は少し真面目な話になっていた。

「おふみ、佐々山と打ったが、何時もの迫力が無かったぞ」

佐々山さんは、師匠と同年代であった。その碁風は戦闘的であり、結構楽しい碁でもあるが、このところ戦い忘れたような碁になって私も気にしていた。

「そう、席亭の話では体調を崩しているみたい」

「そうか。何時までも暇人同士、元気で碁会所通いをしたいな」

師匠は、友達の碁風が変わり、弱くなったことを気にしていたのだ。長年の経験から碁に迫力が無くなると、まもなく碁会所に来なくなり、最後の連絡が「訃報」であることを感じていた。佐々山のおじいさんも、自分の「句集」だと碁会所に持ってきたのを最後に来なくなり、しばらくして「訃報」が届いた。

第四章 廃業

四十肩

師匠は、昭和の最後の年に奥さんを亡くした。数年後バブルは崩壊し、世の中は失われた十年に突入した。師匠にとっても、十年は、平穏な日々ではなかった。

長男のお嫁さん、次男と相次いで先立たれた。その上、頼りにしていた長男も商売の失敗から所在不明になり、完全な一人暮らしになった。しかし、持ち前の陽気さは、寂しさなど微塵にも感じさせなかった。

夏の終わり、お祭りのちょうちん用の電灯つけの仕事を終え、師匠の家の作業場で道具の片付けをしていた。

「おふみ、もう高いところに上るのは無理みたいだ。あの、ちょうちん下ろして最後だな」

「そう。仕方がないね、八十過ぎだもの」

さすが、その横顔は寂しそうであった。

「おふみ、これからも頼むな」

「うん。じいちゃん、ばあちゃんでね」


最後の仕事であるちょうちんの電灯を外しに行くと、神酒所はほぼ片付いており、師匠は、下ろされたちょうちんを箱にしまいながら、「毎年、毎年、これを上げたり、下ろしたりしたな」と、お神酒の効いた顔でつぶやいていた。

祭りの世話役さんが、「司さんは、看板を下ろしたそうだから、来年は別のところを探すよ」。

「申し訳ねー、俺も歳で……」

神酒所から師匠の家までは、歩いて数分である。帰ってみると、本当に看板が下ろされていた。

「おふみ、昨日、看板を外したり作業場を片付けたりしたせいか、肩が痛いよ」

「それで、さっきから肩をまわしたり、手を上げたりしていたのね」

「こんな肩じゃ、来週ゴルフにも行けないよ。おふみ、来週例の仲間とゴルフだぞ」

「そう。休めたら行くけど、多分、無理」

「お茶でも飲もう」

師匠は、お茶を飲んでいる間もしきりに肩を気にしている。

「慣れない仕事で肩こりか。揉んであげようか」

「俺は、この歳まで肩こりなど知らねー。四十肩だ」

「四十ということはないよ。八十肩だよ」

「そんなことはない。両方でなく右肩だけだ。だから四十だ」

まあ、ああ言えばこう言うで、呆れてしまう。

師匠の四十肩は、何時の間にか治ったらしい。

今日は仕事がある

師匠は、廃業宣言をして、身の回りを片付け始めた。七十余年の生活の残骸は、次から次へと出てくる。物置や物干しには、仕事で持ち込んだ廃材と、新材料が混在していた。

私も、休日には手伝った。

「師匠、電線などは、誰かに買ってもらいましょうよ」

「明日にでも、知り合いの電気屋に来てもらうよ」

「その後、ごみの日に出せる物は出し、後は業者を頼もう」

「今日は、この辺で止めておくか」

「のんびり、片付ければいいから」

次の休日に師匠の家に行くと、電気屋さんが、仕事道具や電線などの目ぼしい物を買ってくれたらしいが、まだ型式が古くて使えないコンセントなどが沢山残っていた。それでも、結構片付いていた。

「毎日、お昼まで整理しているのだ」

「そう。無理しないで、一年くらい掛けて片付けな」

「うん。大物は今日で終わりだ。業者に頼んだ」

近所の業務用廃品業者に、資源ごみと産業廃棄物に分けて依頼していた。

私は、次の燃えないごみの日に一袋くらい出せるようにと、棚の上の小物を片付け始めたとき、店の片隅に古びた石油ストーブを見つけた。

「師匠、これも燃えないごみに出すね」

「当たり前だ。燃えれば、まだ使うよ。燃えないから燃えないごみだ」

「燃えないストーブは、用ないね」と、私は、麻袋にストーブを入れ、業務用ごみシールを貼った。

数ヶ月で、仕事関係の物はほぼ片付いた。

「師匠、あまり片付けると死んじゃうよ」

「そうか、この辺で止めておくか」

「一時休止ね」

「そうだ、おふみ。東京電力から書類がきている。見てくれ」と、渡された書類を見ると、電気料金の引き落としが出来ないという連絡だった。

「銀行にお金が無いって」

「銀行は、貸すほど金を持っているところだろう」

「違うよ、師匠の口座よ」

長年、息子さんの口座から引き落としていたらしかった。

「電話、ガスも一緒だと思うから、引き落としを師匠の年金の口座にする」

「任せる」

「師匠、これからは暇なのだから、ボケ防止に毎月コンビニで払いな」

「碁会所の前のコンビニでいいのか」

「うん」

「俺の仕事が出来たな」

それ以来、死ぬまで毎月、請求書がくると、「今日は仕事がある」と言いながらコンビニで支払っていた。

「おふみ、今までは店の片付けがあったが、これからは何も無いよ」と、師匠はつぶやいた。

「碁会所に通うのね」

「碁があって良かった。とにかく暇つぶしが出来る」

「家で寝てばかりいると、ぼけるから、碁会所で頭を使いな」

師匠にとっては、毎日の碁会所通いと、月一回の公共料金の支払いが社会参加であった。

墓参り

師匠の家の墓は、多摩霊園の隣の師匠の家の菩提寺にある。毎年、春と秋の彼岸には、墓参りに行くことにしていた。墓参りの日は、師匠の家で軽い朝食をとり、途中のコンビニでおはぎとお茶を買い、墓地の手前の石屋で線香とお花を求める。

ある秋、墓を掃除し、一連の儀式を終えた後、師匠は、

「ふみ、これを見ろ。俺の戒名だ」

見ると、つつましく赤い字で師匠の名前の一文字を取った戒名が刻まれていた。言われてみると、数ヶ月前に、私が出張で十日ほど東京を離れていたことがあり、久し振りに会ったときに、「ふみが居ないとき、いろいろ考えた。そして戒名を取り、石屋に彫ってもらった」と話していた。しかし私は「お金が無いのに、まさか」と思い、そのまま忘れていた。墓石に刻まれた数々の戒名は、師匠の一生を物語っていた。

母親の高価な戒名から始まり、師匠の侘しいものまで何段階かの種類があった。

「随分、安い戒名を付けたのね。ふみに相談したら、院号居士は無理でも、もっと良いのにしてあげたのに」と私が言うと
「俺にはこれが精一杯だよ。俺が死んでも誰も面倒をみてくれそうもないから、生きているうちに用意した」

「生前戒名にしては、侘しいけど、師匠らしくていいよ」

「後は、葬式代を少しずつ貯めていくつもりだ」

「葬式代なんかどうにでもなるから、ゴルフや競輪で使おう」

「そうかー、大丈夫かー。俺は一人ぼっちだからな」

「心配することはないよ。生きているうちに楽しもう」

「そうするか。じゃ、ばあさんと一服して帰るぞ」と、師匠は二本のタバコに火をつけて、一本は墓前にあげ、他の一本を旨そうにふかした。

タバコを吸い終わり、もう一度お参りして車に戻った。

墓参りの帰りは、私の家の近くにある、老舗の蕎麦屋で昼食をするのが慣例になっていた。

「本村庵でだんごを食べよう」と、私は車を走らせた。師匠は、蕎麦掻のことを「だんご」と言っていた。本村庵は、手打ち蕎麦の老舗として荻窪界隈では有名であり、中庭の植木の奥には祠が祭ってあった。私は、その庭を眺めながら、数口でお終いになりそうな盛蕎麦を食べるのが大好きである。

蕎麦屋では、鳥ワサと蕎麦掻を肴に師匠は桝酒、私は小さいビールを飲み、最後に盛蕎麦を食べることにしていた。何時もは桝酒を一杯しか飲まないのに、「お姉さん、これもう一杯」と、師匠が注文した。

「師匠、何時も、『親の小言と冷酒は後できくから注意しろ』と言っていたのにね。今日はどうして」と私が尋ねると、「葬式代は心配しなくていいのだろう。飲みたい物を我慢することはない」と、桝のふちに塩をつけながらご機嫌になっていた。

食事を終え、「師匠、お勘定してくるから表で待っていて」と、勘定をして外に出たが、師匠が居ない。席に戻ると、師匠が「ふみ、立ち上がれない」とテーブルに手をついて立とうとしていた。

「師匠、ふみの肩につかまって」と私がかがむが、どうしても立てない。

それを見て、隣の席に居たカップルの若い女性が立ち上がり、「大丈夫ですか」と手を差し出した。すると師匠は、「こんなばあさんより、こっちの若いお嬢さんのほうがいい」と彼女によりかかった。

私は、「じじい、勝手にしろ」と思ったが、二人でどうにか立たせ、歩こうとすると今度は、足元がおぼつかない。蕎麦を食べながら見ていたカップルの男性が立ち、肩を貸してくれた。

駐車場まで十メートルほどの距離を歩いているうちに少し落ち着き、車に乗せることが出来た。

師匠は、車の中から「お兄さん、いい人だね。嫁を世話しよう」と、男性に話しかけた。

男性が、ちょっと驚いた顔をしながら「よろしく、お願いしますよ」と、答えると、「今、俺の家の隣に七十のばあさんが居るが、どうだね」と、師匠が言った。

「おじいちゃん、せめて五十歳くらいにしてください」

「それはだめだ。そんなに若ければ、俺がもらう。じゃ、またにしよう」の師匠の言葉に、男性は、苦笑いしながら隣の女性に目をやった。

「おじいちゃん、大丈夫ね。どうやら落ち着いたようね」と女性が師匠に語りかけると、「お兄さん、こんな優しいお嬢さんが居るのだ。大事にしろよ。ありがとう」と、師匠は帽子を取り、ふかぶかとお辞儀をした。

私は、にこにこしている二人に軽くお辞儀をして車を出した。

蕎麦屋から私の家までは、数百メートルの距離であり、数分で着いた。

「ふみ、お前のところで、一眠りする」と、車から降りて、マンションのエレベーターに向かった。先刻の腰抜かし騒動は何であったのかと思うほど、足取りはしっかりしていた。

師匠は、部屋に入ると、手も洗わずにすぐ横になり、いびきをかいて寝てしまった。

師匠は一時間ほどで目を覚まし、

「ふみ、お茶が欲しい。昼間の酒はきく」

私は、お茶を飲みながら、

「師匠、お酒弱くなったね。桝酒二杯で腰を抜かしたことを覚えている」と、聞くと、

「覚えていない。そんなことあったけ」

「呆れた。みんなに助けてもらって車に乗ったのよ」

「そういえば、駐車場に若い女性が居たな」

「おふみの肩より、彼女のほうがいいと憎まれ口をたたいたの」

「そんな、ふみに嫌われるようなことを言った覚えが無いよ」

「でも、その歳になっても、色気があるのね」

「くだらないことを言ってないで、碁会所へ行くぞ。ふみも後から来い」と、玄関を出て行った。私も、湯呑み茶碗を流しに置き、後を追った。

第五章
仲間

一打千円

ゴルフの朝は早い。前日の雨はすっかり止んで、東の空が明るくなり始めていた。私にとっては、久し振りのゴルフであった。ゴルフ場へ向かう車の中で、「晴れて良かった。昨日は心配で……」と、私は、誰ともなしに話しかける。「俺は、天気男だからな」と、師匠の自慢が返った。

「おとうちゃん、おとといのゴルフは晴れ、昨日は雨、今日は晴れと、雨の間を縫っているね」

こう言った同乗の友達と師匠は、二日前にもゴルフだった。

友達は、戦前からの付き合いで、吉祥寺の資産家であった。師匠が、仕事を辞めてからのゴルフは、その友達がスポンサーであり、「おとうちゃん、ゴルフは負け分だけ持って来い」と、彼のメンバーコースに連れ出していた。

二人とも既に八十歳を超えており、スコアより健康に遊べる喜びを感じていた。

「おとうちゃん、今日は、昔の仕事仲間と一緒だろう」

「そうだ。阿佐ヶ谷の電気組合のコンペらしい」

数日前の競輪の帰りに、私が、「ゴルフをしたい」と吉野さんに話した。「ちょうどいい。組合のコンペに参加しな」と誘われてのゴルフであった。

ゴルフ場では、昔の仕事仲間と挨拶を交わし、皆師匠の健在を讃えた。

挨拶のたびに、自分の実力も考えずに、「山ちゃん」「きーちゃん」とか言いながらチョコレートを賭けていた。ハンデキャップはもらっているが、一打千円を超えそうであった。

師匠の話によると、ゴルフを始めたのは五十歳台の後半で、六十歳頃が絶好調だったらしい。しかし、最近は百以下で回るのが無理になってきた。

私、師匠、マッチャン、李社長の組み合わせであった。

その日の師匠は、二日前の練習が功を奏したのか調子が良く、近年にないスコアになった。

「師匠、今日は調子がいいね」と私が言うと、

「おとといの練習の成果かな」師匠が答えた。

「年齢の割に、ミスショットが少ないですね」とのキャディさんの言葉に、「キャディさん、応援してくれ。〝一打千円〟だ。負けたら不渡り手形になってしまう」。

「おとうちゃん、負け分の面倒はみないよ」

「わかっている。だから真剣なのだ」


昼食のときに、何時ものようにビールを飲んだためか、後半のスコアは、前半のようにはいかなかった。

私が、風呂からあがり、宴会ルームに行くと、コンペの成績表を見ながら握りの精算をしていた。師匠は、午前中の成績が効いて、ほとんどの相手からお金を受け取り、テーブルにそのお金を重ねて、満足げに酒を飲んでいた。

「司の社長、すごい稼ぎだね」

「手間賃にならん」

「君からは、いくらもらえる」

師匠は、小銭をいくつか受け取り、

「これで、米が買える。我が家は大変なのだ」と言ってから、「妻は病床に臥し、七つ頭に七人の子が飢えに………」と、歯切れの良い声でどどいつを始めた。

「司さんの浪曲は久し振りだなー」と、誰かの声がした。

宴会がお開きになるとき、「長老の健在に敬意を表して、この賞品を献上します」と、幹事が、師匠に四角な箱を渡した。開けてみると、ゴルフ場名入りの壁掛け時計であった。その時計は師匠から私がもらって、パソコン部屋の時計にした。

予想は嘘よ

私は、テレビの中の桜を見ながら、遅い朝食をとっていた。師匠に電話して花見に誘おうかと思っていると、電話のベルが鳴った。

「おい、天気は良いよ。今日は休みだろう」

「一緒に、お花見に行こうかと思っていたの。車で迎えに行くから待っていて」

私は、急いで食事を終わりにして、師匠を迎えに行った。

花を愛でるというような風流の二人ではないが、この時期だけは、特別であった。

桜を見ながら公園を散策していると、

「ふみ、花もいいが、まだまだ時間がたっぷりあるよ」

「そうね。昼からお酒を飲むことも出来ないしね」

「そうだろ。花より団子ならず、花より博打はどうか」

「博打？」

「善福寺の桜もいいが、ドライブしながら小金井公園の桜を見に行こう」

「立川の競輪場に行こうということね」

「今朝、吉野から電話があって、木火と一緒に立川で待っていると言っていたよ」

「最初からそのつもりだったのね」

師匠の古くからの友達に、その頃は、私も仲間入りをしていた。

五日市街道の渋滞を避けて、少し遠回りになるが、学芸大学前の道を行くことにした。

大学の桜も満開であった。数分車を停めて、眺めていると、

「いろいろな種類があるらしいが、この色の桜がいいな」

「そうね、桜はソメイヨシノがいいね。この淡いピンクがいい」と、私が言うと師匠は、「マッモトヨシノはだめか」と、洒落を返した。

「松本・吉野は、もう着いているかもね。さー、行きましょう」

二人は、車窓の桜を楽しみながら、松本さんと吉野さんが待っているだろう競輪場に向かった。車の中で、

「師匠、〃黄色い桜〃って見たことある。荻窪税務署にあるって聞いたことがあるけど、本当」

「知らねー。税務署の裏側にでもあるのかな」

「今度行ってみよう」

「俺は、黄色い桜を見たことはないが、飲んだことはあるよ」

「え」と一瞬答えに詰まったが、理解出来た。

「ああ、お酒の黄桜」

「結構旨い酒だよ」

桜、酒、そして博打ととりとめもない会話をしているうちに、競輪場に着いた。

「おはよう。『桜はソメイヨシノで、競輪は松本吉野にかぎる』と、師匠が言っていたよ」

「今日の松本吉野は、だめだ」と、吉野さんが答えた。

「まっちゃん。調子はどうだ」と、師匠は、まっちゃんに挨拶した。

「うまくいかないよ」

「今日は、八番車がいいよ。ピンクの車だ。東京中ピンクに染まっていたぞ」

競輪選手のユニフォームの色は、番号によって決まっている。

選手の調子やレースの組み立ても考えずに、ベルの音に誘われて車券を買っていたのでは、なかなか当たらない。遊びだから、楽しければそれでもいいが、博打は、儲からなくとも当たらないと面白くない。

そこへ、木火さんこと李社長がやって来た。珍しくママも一緒である。李ママは、競輪・競馬を好まない人種であるが、時々、旦那に連れられて来る。

「ママ、今日はどうしたの」

「しばらく、ゴルフに行ってないから、皆さんと会いたくて。社長は何処」と、ママは、私に答えた。李ママは、師匠のことを社長と呼んでいる。

「あそこに居るよ」

「社長、おはよう。当たるのを買った」

「さっきのレースは、俺が行ったとき、当たり車券は、売り切れていた。今度は、お姉さんに、当たるのをくれと言って買ったから大丈夫」

それぞれ、自分の思惑で車券を買っているが、あまり当たらない。

「そこの予想屋さんに、教えてもらったの」と、ママが、予想屋からの紙片を見せた。

「ママ、予想屋なんて当てにならないよ。当たるくらいなら自分で買って儲けているよ」

と、私が言うと、

「ママ、〝よそう〟を後ろから読んでごらん。〝うそよ〟だろう」師匠が茶々を入れる。

「でも、社長やパパに聞いても教えてくれないもの」と、李ママは、予想屋の教えた車券を買った。


いよいよ最終レースになった。私達の買い方では、最終レースに当たらなければ、お金を持って帰れない。途中での当たりは次のレースにつぎ込む。最終レースは、つぎ込む次のレースが無い。

最終レースは、一番人気の車券が入ったが、みんな〝当たって損〟という形で終わった。

「今日も一日、チイチイパッパと遊んだ」と、李社長は言う。

「チイチイパッパといえば、昔の友達で生きているのは、二人になってしまったな」

と、師匠も過去を懐かしむように答えた。

師匠と李社長とは、戦前からの付き合いであった。若い頃に遊んだ仲間が、一人減り、二人減って、ついに二人になってしまったらしい。

「これからは、この六人でチイチイパッパと遊ぼう」と、李夫婦と別れ、松本さん、吉野さん達と荻窪でオケラ会をすることにした。

恵まれないじじい

毎年、十一月の声を聞くと師匠は沢庵の心配を始める。師匠の漬ける沢庵は、昆布と糠のみで漬けるために素朴な味である。

その年も、大根が干しあがり、私の分は、私のうちで漬けることになった。

師匠は、

「これがあれば、おかずはいらないよ。飛魚のくさやで一杯飲んだ後、これで白飯が一番だ」

と、慣れた手つきで漬けていた。

糠だけの沢庵であるが、一ヶ月ほどたつと、発酵の力で結構黄色くなる。

沢庵を漬け終え、お茶を飲みながら、

「師匠、しばらくここでテレビを見ていて。そして、一緒に碁会所に行こう」

「おふみはどうする」

「小銭をちょっと数えるの」と、本箱の片隅にある、小銭を入れたビンを持ってきた。

「これを数えるの。師匠も手伝う」と、畳の上に小銭を広げた。

一円玉、十円玉が混じっている。

「それ、どうするのだ」

「ほら、歳末助け合いが始まっているでしょ」

「なんだ、それ」

「このお金、恵まれない子供達のために寄付するの」

「おふみ、見も知らない子供達もいいが、目の前に居る〝恵まれないじじい〟には無いのか」

「欲しいの」

「うん」

私は、毎年年末には、一年間貯めた小銭を寄付することにしていた。

「師匠、この中の五百円玉を探しな。それを恵まれないじじいにあげるよ」

「そうか」と、師匠は小銭をより分けながら、五百円玉を見つけると、「性の良いのがあった」と、嬉しそうに脇に寄せる。師匠は日頃から、百円玉以上の小銭を「性の良いコイン」と言っていた。

寄付のための金額が、例年並みにあるのを確認し、買い物袋に入れながら、

「今日の夕食は、師匠持ちだよ」

「ああ、いいとも。鰻でも、寿司でも、何でもいいよ」

「そのお金では、鰻とか寿司までは無理よ」

「そうだな、せいぜいカレー無しのカレーライスくらいだ」

「何時もの、中田屋でいいよ」

食堂では、常連さん達が、なかなか出てこない料理を待ちながら、談笑していた。

師匠は二人の席があることを確認すると、常連の一人に、「若旦那、元気か」と声をかけた。

「師匠、ゴルフに行っていますか」

「寒くなったからゴルフしてないのだ」

「無理しない程度に体を動かさないと」

「良いこと言ってくれるね。ママ、ビールを一本、若旦那にやってくれ」

「師匠、ご馳走さま」

「礼は、俺でなく、おふみに言え。恵まれないじじいから、恵まれない若旦那へのお裾分けだ」

「どうしたの」と、横からママが聞いた。

「今日、歳末助け合い用の小銭の中から、五百円玉を少しあげたの。だって、『恵まれない子供達への寄付よ』、と言ったら、『目の前の恵まれないじじいには無いのか』って言うのだもの」と、私が答えた。

「師匠、それは正解だよ。子供も大事だが、年寄りを尊敬しなくちゃ」と、若旦那の言葉に、「子供達の上前をはねたのね」。ママは、ビールの栓を抜きながら笑った。

「若旦那も同罪だぞ。今晩、恵まれない子供達が夢に出て来るぞ」

「師匠、この酒は格別に旨い。次回は、僕がご馳走するよ」と、若旦那は、グイとビールを飲んだ。私は若旦那と師匠の会話を聞きながら、食事をした。

まだ飲んでいる若旦那を置いて、帰ろうと立ち上がると、

「師匠、元気で。今度、ゴルフに行きましょう」と、若旦那は師匠を誘った。

「君は、いい人だなあ。今度、東京へ来たら寄ってくれよ」

「参ったな。東京でなく荻窪に来たときは、寄らせてもらいます」

「じゃ、隣の若旦那、そしてその隣の紳士も元気で、また会おう」と、師匠は、家路についた。

博徒カー

梅雨時の休日、外は何時降り出してもおかしくない空模様である。このような日は、何時までも寝ていられる。時計を見ると、九時を回ろうとしていた。そろそろ起きようかと布団の中であくびをしていると、師匠から電話があった。

「ふみ、佐藤が、三鷹の駅で待っている。競輪に行こうと言っているぞ。どうする」と、私の意志を確かめるような言い方だが、当然行くと決めている。私は、あまり気乗りがしなかった。布団の中で見たテレビでの明治神宮の菖蒲園の映像を思い出した。「師匠、博打ばかりしないで、今日は菖蒲でも見に行こう」と、答えた。「しょうぶは、見るものでなく、するものだ」と、大きな声が返ってきた。私は、師匠の勢いに負けて、車を出すことにした。

ずーっと以前に、「房総のフラワーラインに行きたい」と言ったとき相手にされず、

「フラワーラインは、京王閣にも、立川にもある」と、競輪に行ったことを思い出した。競輪は、同地区の選手が共闘する。中野浩一の全盛期に、彼の九州ラインに対抗するために、千葉の選手と東京の選手が組んだ「ライン」が、フラワーラインと呼ばれた。

私は、急いで支度をして、師匠を乗せて三鷹の北口に向かった。佐藤さんは、私と同年齢であり、住まいは三鷹であるが、荻窪をアフターファイブのお楽しみ処としていた。弱い碁打ちであるが、どちらかというと師匠の飲み友達の一人であった。一年ほど前に、偶然に競輪場で遭遇してから時々三人で行くようになった。

三鷹駅前の花屋の前で彼を待った。師匠は、車から降りて花屋の中を眺めていた。彼の到着で、車に乗り込み、「ふみ、菖蒲を見てきたぞ。きれいなものだな」と話した。「なべさんも、風流なところもあるのだ」と、佐藤さんがつぶやいた。師匠は、「ふみの奴、菖蒲を見たいと言うから、見せようと思ったらお前が来た。佐藤、花屋は、たいしたものだな。花札にあるものほとんどあったぞ、牡丹も菊も」と、全てを博打に結び付けてしまう。

私は、今朝ほどの電話の内容を佐藤さんに話した。佐藤さんも口が悪い。「豊島園の桜は、年増のおふみさんの姥桜で間に合う。おとうちゃんは全て近間で間に合うな」と、笑った。

競輪場に着くまでしばらく、儲かることを想定して、レースの予想と夜のカラオケの話をしていた。私が、運転しながら師匠の顔を見ると、ひげが少し伸びている。佐藤さんの電話で、ひげを剃ることを忘れたようだ。「師匠、ひげをすってくるのを忘れたね」と声をかけると、「今日は、スッてはいけない日だろう」と答えた。確かに競輪で〝する〟という言葉は縁起でもない。

「おふみさん、一本取られたね」と、佐藤さんが笑った。

「もう、今朝から一本も二本も取られっぱなし。助けてよ」と、私が言うと、師匠は、「当たってくれれば良かったのだ。みっともないか」と、あごに手をあてた。師匠は、もともと毛深いほうでもなく、歳のせいかあまり目立たない。「往きは、何時も陽気だけど、帰りはしょんぼり」と、思いながら運転しているうちに京王閣競輪場に着いた。

その日は、他の競輪場のレースを、テレビ観戦しながらの賭けであった。

入り口で新聞を買っていると、締め切り一分前のベルが鳴り始めた。二人は、レースも選手もわからず窓口に走った。私は、「あれでは、当たるはずもない」と思いながら、一レース見送った。博打の面白いところで、当たるときは、どんな買い方をしても当たる。師匠は、珍しく当たったが、佐藤さんは〝飛び込み自殺〟だった。

「今日は、調子がいいぞ。おふみ、札を入れるリュックサックを持って来るのを忘れた」と、ご機嫌である。私は、「それだけ大きい風呂敷があれば大丈夫よ」と、一本取り返した。

佐藤さんと師匠は、新聞を見ながらいろいろ予想をしていた。私も自分なりに考えているが、競技場が何処かわからなかった。

「師匠、このレース何処でしているの」と尋ねると、「競輪場だ」と、答えた。私は、噴き出した。

「そうじゃなく、何処の競輪場と聞いているの」と、再度尋ねた。

「始めからそう言え。取手競輪場だ。『何処でしている』と聞くからだ。何がおかしい」と、当たり前のような顔をしていた。

傍らで聞いていた佐藤さんが、

「そうだ。おとうちゃんの言うとおりだ。ところで何を買った」と自分の車券を見せた。

「おふみ、こいつの買ったのを外して買えば当たるぞ」と、師匠は私に指導した。

「それでは、僕の車券は外れか」佐藤さんは言い返した。

レースは適当に荒れていたが、数回当てることが出来た。

その日は、三人とも、負けが少なく最後までオケラにならないで済んだ。めったに無い現象であった。特に師匠は、リュックサックに入れるほどではないが、少し儲けた。

師匠は、「さあ、おふみの博徒カーに乗って荻窪に帰り、祝杯だ」と、足取り軽く歩き出した。私の車は、競輪場に通うときに使うのがほとんどのために、師匠が「博徒カー」と名付けた。

犬が星を見る

競輪で負けた日の帰りの足取りは重い。師匠と私は、師匠の名付けた〝博徒カー〟を駐車場に入れてから、食事のために商店街に向かった。歩きながら師匠は、「おふみ、競輪もゴルフも当たらないと面白くないな」と話しかけた。

「今日は、ナイスショットが無かったね。ところで師匠お金あるの」と私が問うと、

「札は無いけど、金はある」と、ポケットの中から数個の百円玉を出して見せた。どうやら全部使ってしまったらしい。

「ふみ、夕飯は無くてもいいぞ」と、言った。

「師匠、大丈夫。夕飯代は残してあるから……。かんぱい（完敗）の酒でも飲んで今

日のことは忘れましょう」と、二人は、何時もの食堂の暖簾をくぐり扉を開けた。ママの「いらっしゃいませ」の言葉に、師匠は、「ママ、最近、ヤクルトファンの奴さんが見えないが、どうした。死んだのか」と、本人を目の前にして、声をかけると「なべさん、殺すのは碁石だけにしてくださいよ」と、カウンターの隅に座っていた若旦那が答えた。

「おお、生きていたか。良かった。しばらく振りだな」と、空いている席に腰をおろした。

何時ものように、肴を注文して、ビールを飲み始めた。すると、先ほどの若旦那が、「なべさん、ヤクルトファンの奴さんは、ないよ。これでも僕は、幼少の頃は、マシュマロのような美少年で末は博士か大臣か、と言われて、今は、四面道の若旦那と呼ばれている」と、語りかける。すかさず師匠は、

「僕など、札幌の由緒正しき家に生まれ、〝吾子、わこ〟と育てられた。ただ、ご幼少の頃、乳母が手を離した隙に手すりから落ちて頭を打ってしまった。それが災いして、脳が南に下ってしまったか、今は、オケラの身だ」

「脳軟化症ならいい。脳無し（能無し）じゃなくて良かった」と、すかさず切り返した。これを皮切りに二人の漫談が始まった。カウンターの両端同士の会話であるから、中ほどの席に居る客は迷惑しているだろうと思えば、みな常連であり、時々横槍を入れて笑っている。

師匠と、四面道の若旦那や食堂のママの付き合いは、私より古かった。時々こうして飲み屋で一緒になると、私の知らない荻窪の街の話や、古い囲碁仲間の漫談のような会話をしていた。また、四面道の若旦那は、碁を覚えようとして、高円寺のセミプロに習ったことがあるが、そのセミプロと師匠の賭碁を見て、自分の才能の無さを知り、碁におぼれ、本職が疎かになることを恐れて止めたらしい。私に、当時の仲間が碁会所に来るかと、尋ねることがしばしばあった。

師匠の「犬が星を見ているような話は、これで終わりだ」の言葉で、漫談は終わった。

師匠の好きな言葉に〝犬が星を見る〟がある。初めて聞いたときは、「随分ロマンチックなことを言う親爺だな」と思ったが、どうやら違っていて、「何の意味も、価値も無い行動」のことを言うらしかった。

静かさが酒場に戻ったとき、ママが、「師匠の漫談も久し振りだね。昔は、ここで、ペンキ屋のおじさんと何時もしていたのを思い出した」と、客に料理を出しながら言った。ママの話では、師匠の亡くなった友達に、師匠に勝るとも劣らないくらいに陽気なペンキ屋さんが居たらしい。その彼の代わりが四面道の若旦那になったようである。

中ほどの席に居た男性が、立ち、窓を少し開けた。すると、隣のカラオケバーから、演歌が聞こえてきた。

「今日のお隣は、早くから盛況のようね」とママが、誰にともなく話しかけた。

「なべさん、俺達も歌うか」と、常連の一人が師匠に言うと、師匠は、ポケットから小銭を出して、「今日はだめだ、これしか無い」と、手のひらのばら銭を見せた。

「大丈夫だ。おとうちゃんの分ぐらいは僕がもつよ」との言葉に、師匠は「飯を食べ終わるまで待ってくれ」と、ご飯に納豆を掛けて急いで食べ、二人で出かけた。

私は、残り物を整理し、数千円の勘定をして家に帰った。布団の中で、「今頃、師匠は、望郷酒場などの得意の演歌を歌っているのかな」と、考えていると電話のベルが鳴った。

「今、家に着いた。ふみを待っていたが来なかったな、奴、寂しがっていたぞ」

「そう、この次は付き合うよ」

「今日も一日終わった。楽しかったぞ。おやすみ」と電話は切れた。

どうやら、競輪でオケラになったことは、すっかり忘れてしまったようであった。

第六章

インターネット

インターネットは丸い物か

私は、定年を待たずに会社を辞めることにした。有給休暇も沢山残っていた。

この有給休暇を利用して、サイトを立ち上げることにし、本屋で「ホームページの作り方」などの本を買い、サイト立ち上げの準備を始めた。

そんなある日、炊きたてのご飯を師匠に食べさせようと、私の家で食事をすることにした。

「炊きたての白飯は旨いな」

「ご飯食べたら眠くなった。ちょっと横になる」と、昼寝を始めた。

私が、隣の部屋でパソコンに向かっていると、師匠が起きてきた。

「お前、また何を始めたのだ」

「私のホームページを作っているの」

ここから二人のとりとめのない会話が始まった。

「そうだ。この頃テレビでインターネット、ホームページだと言っているが、一体、それはどんな物なんだ」

「……」私は、言葉に詰まって、

「米寿のおじいちゃんは、そんなことを知らなくてもいいの……」と冷たくあしらおうとしたが、師匠は、不服顔でマウスを動かしながら、ボタンを押してしまった。

さあ大変、作業中の画面が急に変わってしまった。師匠は、びっくりして、申し訳なさそうに私の顔を覗いた。

「だめだよ。いたずらしては」

「ごめん、壊れたのか」

「大丈夫だと思う……」

「そうか。インターネットは、丸い物か、四角い物か、教えろよ」

「え」

「物ならば、丸いとか重いとかあるだろう」

「三角か、丸いか、重いか、言われても答えられないよ……。世界中のコンピュータを電話線で繋いで、情報交換をする仕組みだよ。インターネットを使っていろんなことを調べることが出来るの」

「わからねー」

「師匠、今何か知りたいことがある」

「明日の競馬何が来るかだよ」

「じゃチョット調べてあげる。」

私は、相手はどうせチンプンカンプンなのだから、適当に話しかけながら、マウスをガチャガチャ動かし、とにかくそれらしい情報を見つけて、印刷して師匠に渡した。

くるくる変わる画面を、脇で見ていた師匠は、

「難しいのだな、俺には、無理だ……」と、一言つぶやいて、出て行った。

「そのうちに、パソコンの使い方を教えるね」

「うん、ありがとう。碁会所に行くよ」

数日後、師匠は、碁仇のおじいさんを連れて、私の家に来た。

「ふみ、今日は、パソコンを習いに二人で来たよ」

「え」

「この前、教えてくれると言っていたぞ」

「うん、本気にしたのね」

「なべさんが、誘ってくれたから僕も来たよ。なべさんの話だとインターネットは、丸でも、四角でもないらしいが、メールとは何だ」と聞かれた。

私は、仕方がなく、囲碁サイトを開いて、三十分ほど二人にパソコンをいたずらさせたが、何の成果も無かった。

「なべさん、僕達には無理だ」

「そうだな」

と、二人は諦めたようであった。

そのとき、碁仇のおじいさんの携帯電話が鳴った。

「おい、猫の鈴が鳴っているぞ」と、師匠が言うと、「ふみちゃん、出てくれ。僕は受け方わからないのだ」

私は、電話を取り、おじいさんに渡した。〝猫の鈴〟とは、上手いことを言うなと、感心すると同時に、携帯電話の受信さえおぼつかない老人が、「パソコンを習う」ことの無理に吹き出した。

インターネットは嫌い

競馬のビッグレースのある日曜日であった。私は、何時もの休日のように、朝食兼昼食をとり、コタツにお尻までどっぷりつかりながら、テレビの娯楽番組を何となく見ていた。そんなとき、電話のベルが鳴り、「めんどうくさいなー」と思いながら受話器を取ると、聞き慣れた師匠の声であった。

「何時まで寝ている。早く起きろよ」

「起きているよ」

「新宿まで馬券を買いに行くよ。車を出してくれ」

「もう、私は買ったよ」

「一人で行ったのか」

「私は、今年から、パソコンで買えるの」

「インターネットで買ったのか」

「まあ、似たようなもの」

本当は、JRA専用のパソコン投票システムであるが、難しい説明はどうせわからないのだから止めにして、

「何を買いたいの。買ってあげるから……」

「金は、どうする」

「私の口座で立て替えておくから大丈夫」

「じゃ、今からお金を持ってそっちに行くから買っておいてくれ」「わかりました」

私は、購入番号を控えて電話を切った。

師匠の購入予定の馬券は、どうも当たりそうもないので「のんでやろうかな」と思いながらも、パソコンに向かって馬券投票システムを起動させた。


しばらくして、お友達を連れて師匠がやって来た。

「お金は、これだよ。馬券をくれ」

「買っておいたからね。ただ、馬券は無いの」

キョトンとした顔をして、

「のみ行為は違反だよ」

「うん。ここに買った馬券の一覧表をプリントアウトしてあるから、間違いが無いか調べて」

字が小さくてかわいそうだなと思いながら、見方を説明してあげた。わかったのかわからないのかは、私には判別出来なかったが、師匠は、「おふみが買ってくれたのだから大丈夫……」と言いながら、プリントの裏面を見た。

「茶色くないな」と不思議そうにしている。すると一緒に来た友人が、「当たったらこれを機械に入れるとお金が出てくるの」と聞いた。

「これは馬券でないから、払い戻し機では、お金は出ないよ。私の口座に振り込まれるの。当たったら私が、お金を渡してあげる」

「うーん、わかんねーなー、どうなっているのか」

しばらくの間、お茶を飲みながらの競馬談義が続いた。

「午後は、家に居るからレース結果を教えてあげるね」と言うと、「ありがとう、レースが終わった頃電話する」と言って二人は、帰った。

いよいよレースが始まり、テレビの実況放送で当選馬券をアナウンスしているときに、電話が鳴り、興奮した師匠の声がした。

馬券が当たった。

「今から新宿へ、換金に行くよ」

「だめ。あれは、今朝言ったように馬券ではないから、新宿では換金出来ないの」

「どうしてだ。俺が買ったのは、間違いないのだろ」

「チットもわかってないね。パソコン投票だからお金は銀行への自動振り込みなの、夕方、何時もの飲み屋に居るね。私がお金を持って行ってあげるから、飲み屋で待っていて」

「わかった。あのバラ銭のじゃらじゃらという音は、聞けないのだな」

私は、師匠の楽しみは、馬券を買うために新宿へ行く道中のわくわく気分と、当たり馬券が現金になるときの独特の音を聞くことなのかなと思い、一人で笑い出した。

夕方、私は、師匠がさぞ皆の前で自慢しているだろうと思いながら、約束のお金を持って飲み屋に行くと、話題の中心になっているはずの師匠が、隅のほうでつまらなそうに酒を飲んでいた。

「師匠どうしたの」

「おふみ、俺は、インターネットは嫌いだ」

「え、どうして。今日は、このお金で皆と飲むはずじゃなかったの」

「俺には、皆みたいに馬券がない」

周りを見回すと各人が、馬券を前にして、「惜しかった」「もうちょっと買っておけば良かった」「頭は当たったのにヒモがなあ」などと、外れ馬券、当たり馬券を酒の肴にしてわいわいと騒いでいる。

「師匠にだってリストがあるじゃないの」

「これは、機械に入れてもお金にならないだろ」

「だから、今、お金を持ってきてあげたよ」

そこへママが来て、

「今日のおとうさん変なの。ちっとも話に加わらないの。『競馬どうだった』と聞くと『当たったらしい』と答えただけなの。何時もなら馬券を皆に見せて自慢しているのに」

「ママ、今日は、私がパソコン投票で買ってあげたから馬券が無いの」

「それで、自慢する物が無いから、ご機嫌斜めなのね」

「ママ、インターネットはつまらないよ。俺は、嫌いだ」

「どんなに便利になっても、古い私達には、ついていけないからね」

「俺達の馬券なんて酒と同じで、友達と楽しむためにあるものだ。そうだろう、ママ」

一瞬、ママは、酒と競馬の関係に躊躇しながら、

「競馬も酒も人それぞれの楽しみ方があるからね。おとうさんは、酒も一人でちびりちびりというタイプじゃないからね」

「そうだろ。馬券だって一人で買って一人で当たり外れを楽しむものじゃないよ。俺は、馬券を肴にしてここで若い人達と飲むのが好きだ」

「そうね。前の日は、万馬券の的中を期待しながら、レース後は、外れ馬券を残念がりながら、わいわいと……」

「こんな紙ペラじゃ、本当に当たったのかわからないよ。ママ、そうだろう」

ママは、答えに困ってしまった。そこで私は、

「元気が出てきたみたい。今度から、師匠の若返り薬は、新宿で買いましょう」

「当たり前だ。もうインターネット馬券はこりごりだ」

私は、「あれは、インターネット馬券ではない」と言い返す気力もなく、ビールを飲みながら、便利さが時には人の楽しみを奪ってしまうことに気付いた。

卒業旅行

雨がしとしと降っている寒くて暗い早朝、私は、愛車のエンジンをかけ、友達の自称ベンツの到着を待っていた。暗闇の向こうからベンツが、悪友を伴って白い息を吐きながら到着し、私の駐車場に車を入れた。

私は、一泊二日の卒業記念旅行をすることにした。まっちゃんと、師匠と吉野さんが、私に「ご苦労さん」の意味で、ゴルフを楽しみながら三十年間の会社生活の垢を、温泉で洗い落とす旅を企画してくれた。

冬の雨は、冷たく、こんな中でゴルフするのかなと話しながら、東名高速を伊豆に向かった。出るとき小降りだった雨は、着く頃には止むかもしれないという期待に反して、目的の沼津インターに近づくにつれてますます強くなった。

沼津インターを出たところで車を停めてゴルフ場に中止を連絡し、宿には、チェックインの時間を確認した。時計はまだ九時を回ったばかりである。どうやって時間をつぶそう。天気が良ければ観光もあるが、この雨では、どうにもならない。師匠が、

「三十分おきにお金をくれるところを探そう」

「そうだ、静岡競輪があるかも」と日頃から博打好きの仲間である。

「今日は、開催しているかな」

「平塚は、開催しているよ」と、吉野さんがポケットから取り出した関東地区年間開催予定表を見ながら言った。

「これから平塚まで戻るの、嫌だよ」

「伊東競輪は」

「別に競輪でなくても、競艇でも、オートでも」

どうも、博打であれば何でも良いらしい、発想の貧弱な仲間である。私は、そこでちょっと格好をつけて、

「君達は、『雨の伊豆の海を愛でる』くらいの発想出来ないの」

「海を見ても銭にはならないよ。ここで一番博打好きは、お前だよ」と、師匠の言葉で博打場を探すことにした。私は、車を走らせながら、どうやって探そう、まだ観光案内所は開いていないしと思い、コンビニでスポーツ新聞を買うことにした。

私の記念すべき卒業旅行を、博打で損させないための神のはからいか、近在の開催は、なかった。

「何処も開催してないよ。どうする」と吉野さんの言葉に「仕方がないね。戸田に行って、タカアシガニでも食べましょう」と、結論が出た。ここで、道に明るい吉野さんに運転を代わった。

車の中で、まっちゃんが「おふみさん、どうして伊豆旅行なんて思いついたの」と、尋ねた。

私は、会社が定年慰安のためにくれた五万円を手にしたとき、会社生活の終わりの寂しさを実感し、三十年前の入社した頃を振り返っていた。あの頃の私は、博打やゴルフの面白さを知らず、余裕の出たお金を持って伊豆に、魚を食べにくるのが好きだった。三十年の歳月は、私の趣味も、環境も変えていた。伊豆に魚を食べにきた友は、もう居ない。お互いに仕事が忙しくなり、年々疎遠になり、数年前に風の便りで彼の死を知っただけだった。

私は、車の助手席で、三十年前の下田の海、土肥の魚、リュックを背負っての天城峠を思い出していた。

私の車には、カーナビは無く、あいにく何時もあるはずの道路地図も無い。戸田までのナビゲータは私であるが、それも、古い記憶が頼りでは当てにならない。吉野さんの記憶地図と道路標識が頼りだから、曲がり角を間違えて、行き過ぎては戻るを数回繰り返しながら峠道にたどり着いた。峠道の両端では数日前の雪が、雨に打たれていた。美しい戸田の海は、霧の向こうで見ることも出来ないままどうにか戸田に着いた。

戸田の港の風景は、あまり変わっていなかった。吉野さんは、あまりきれいでない食堂の前で車を停めた。「ああ、ここは、私が昔蟹を食べたところだ」と思い出しながら、店のドアを開けた。「こんな小さな店をどうして知っているのだ」との師匠の言葉に、吉野さんは「まっちゃんと一緒になる前に魚を食べによく来たのだ」と、私と同じようなことを言った。こうして大きな蟹の足を折りながら、吉野さんと私の若かりし頃の伊豆物語が、会社卒業旅行の一ページを埋めた。

その夜、まっちゃんが予約してくれた伊豆長岡温泉の宿で、「おふみ、長い間ご苦労さん。四月からは、サンデー毎日だね」と、師匠は、私に酒をついでくれた。

おわりに

　師匠は、私が退屈しないようにと友達という財産を遺してくれました。

また、その「面白おかしく」生きる様は、今も、私の老後の財産になっています。


「歳を取っても笑いを忘れずに」

「性格美人であれ」

「元気で、笑顔が一番」

「人に優しくしろ。そうすれば、周り回って返ってくる」

「明けない夜は無い。雨は必ず止む」

その語録は、無形の財産として私の心に数多くのものを遺しています。

師匠の晩年の生活は、決して楽ではありませんでした。それでも師匠は、「夜は、必ず明ける」「止まない雨は無い」と、前向きであり、何時も周りの人々に笑いをふるまっていました。囲碁仲間をはじめとして数多くの友達は、そんな師匠を「粋な親爺」として愛し助けていました。

師匠は、私の若い頃からの夢の一つである、「死ぬまでに自分の文章を本にしたい」を実現するための、すばらしい題材を遺してくれました。最後まで、粋なことをやります。

今頃、草葉の陰から、こう嘯いていることでしょう。

君らは、勘違いをしていないか
俺は粋でも、天皇陛下でもない
ただのじじいだ

〈勘違い、こたつで母の手を握り〉

平成二十年十二月十一日

天国の師匠へ　おふみ

笑いをふるまう親爺

―師匠とふみの物語―

2009年3月29日　第一版第一刷発行

著者：篠原 富美子

ブックデザイン：杉本 幸夫
装画・挿画：山本 修生

出版協力：有限会社 タック

発行所：株式会社 そしえて
〒102-0072 東京都千代田区飯田橋4-8-6 日産ビル
TEL(03)-3234-3102　FAX(03)3234-3103

印刷・製本：日本ハイコム株式会社

ISBN978-4-88169-184-7 C0095
